GOBOOKS & SITAK GROUP©

GOBOOKS & SITAK GROUP©

三日月書版

三日月書版

IV
Chief
Prosecutor
of the Gala
星際首席
検察官
author. YY的劣跡 illust. あさ
三日月書版
輕世代 BL049

Chief Prosecutor of the Galaxy

Contents

第三十七章　飛龍在天（三）　013

第三十八章　飛龍在天（四）　041

第三十九章　飛龍在天（五）　071

第 四 十 章　戢鱗潛翼（一）　103

第四十一章　戢鱗潛翼（二）　119

第四十二章　戢鱗潛翼（三）　143

第四十三章　戢鱗潛翼（四）　159

第四十四章　戢鱗潛翼（五）　173

第四十五章　雙龍戲珠（一）　197

第四十六章　雙龍戲珠（二）　231

characters
「我是即將拯救世界的救世主。」
有奕巳
年齡：15
衝動好勝，但並非一味莽撞，而是該贏的勝負全力以赴，一定會贏。
CHIEF PROSECUTOR OF THE GALAXY

慕梵

年齡：200↑
身分：王位繼承人

認定的目標決定不會放棄，認定的人絕對不會放手。

characters
「有時候更希望自己是出生於普通家庭的普通人，會過得更輕鬆一點。」
伊索爾德
年齡：15
是第一個與有奕巳成為朋友的亞特蘭提斯人。
出生於亞特蘭提斯的大貴族家庭，卻無法使用其種族的天生力量，因此前往北辰學習。
CHIEF PROSECUTOR OF THE GALAXY

characters
「為堅守信念而不惜一切的人，
信念崩塌時也將迎來毀滅。」
有琰炙
年齡：18
北辰軍校的優秀學員，上將有壬耀的獨子。
為人冷淡克制，專注於提升自己，身體卻有隱憂。
CHIEF PROSECUTOR OF THE GALAXY

第三十七章 飛龍在天（三）

「小奕，名單出來了！你被選上作為參賽的隊員！」

今天是北辰軍校公布參賽選手的日子，拿到名單後的沈彥文興奮不已，立刻跑來找有奕巳報喜。

「而且你還是參賽隊的隊長！二年級生當隊長還是第一次呢！」

「那是因為四年級的學生不能參賽，不然，隊長肯定會是琰炙師兄。」有奕巳擺了擺手，不以為意。

沈彥文愣了一下：「小奕，要是以前的話，你肯定會說『隊長是我難道不是理所應當的嗎』，你變了，你竟然會謙讓了！」

有奕巳頂著一頭黑線看著他：「在你眼裡，我就是那種無知自大的傢伙嗎？」

「不是無知自大，是自知自信。」伊索爾德笑道，「小奕現在只是內斂了一些。要是有人招惹他，他依舊會把人氣得半死，其實也沒變。」

「那倒也是，他氣人的功力不減反增。」

「喂喂，你們兩個。」有奕巳哭笑不得。

而與此同時，軍校聯賽的各校選手名單也在共和國內迅速傳播開來。

一共七家軍校會參加比賽，而其中最引人注目的，則是代表中央軍部的中央軍校、繼承北辰風骨的北辰軍校，還有「諾蘭軍校」。這是唯一一家只招收男性學員的軍校，在就讀期間對學生實行全封閉式管理，對外一直很神祕。

諾言軍校有史以來最傑出的校友，就是共和國的創始人，推翻前帝制的第一任共和國軍部元帥——諾蘭．羅廉。而在最近，諾蘭軍校最廣為人知的一名校友則是「有銘齊」。

是的，在身分暴露之前，有銘齊是在諾蘭軍校就讀。而在入學第三年，有銘齊的身分意外曝光。面對來自中央的壓力，當時的諾蘭校長力保有銘齊，直到他畢業之前，都受到了學校的嚴密庇護。

得知真相後，有奕巳不免對這所軍校充滿了好感與好奇。這所共和國歷史最悠久的軍校，究竟會培養出怎樣的人才呢？

新學年的第二個月，各大軍校都開始準備聯賽事宜，先是公布名單，再是對參賽的學生進行特訓。

北辰軍校這邊，參賽的星法學院學生名單是——蕭奕巳、伊索爾德和米菲羅．卡塔。守護學院的參賽學生則是——沃倫．哈默、衛瑛和容泫。除此之外，還有幾名學生將作為守護騎士跟在契約者身邊參加比賽。其中就包括克利斯蒂、有琰炙，還有齊修。

「沃倫．哈默不是伊爾你的騎士嗎？」

下課後，幾人走在回宿舍的路上，還在議論名單的事。

「為什麼他不以你的守護騎士的身分參加比賽？」這是沈彥文覺得最奇怪的一點。

伊索爾德搖了搖頭：「其實，我們並沒有簽訂正式的騎士契約。他成為我守護騎士的消息，我也沒有告訴家裡。」

「為什麼？」

「現在帝國很不平靜，尤其是在慕梵殿下失蹤之後。我們家族……」伊索爾德苦澀道，「我們家族並不是完全忠心於陛下，而是有自己的打算。如果我和沃倫的關係被透露出去的話，他們很有可能會要求我利用這層關係去做些什麼。我並不願意。」

身處星鯨海因里希家族，作為一個半被廢棄的子嗣，伊索爾德的處境有時候也很為難。

「可是我不介意。伊爾要是想利用我的話，就儘管利用好了。」一頭紅髮的英俊騎士從對面走了過來，順手挑起伊索爾德的下巴，語氣曖昧道，「因為我可是很難忘記，在雷文度過的那個晚上。」

「什、什麼?!」沈彥文臉色通紅，「你們發生什麼了？」

伊索爾德拉下他的手：「你的玩笑不要開過頭了。」

「呵呵。」沃倫笑而不語，「對了，我今天是特地把這小子送過來的。」他將身後的齊修推了出來，「蕭奕巳，你這學期還沒跟齊修說過話吧。這傢伙為此一直提心吊膽，吃飯都吃不下，睡也睡不好，擔心你是不是不要他了。你還不趕快過來安慰你們家可憐的騎士？」

「你的用詞還是一貫的沒有水準。」齊修淡淡道，「我不接受這種誣衊。」不過，他的視線又再次轉向有奕巳，眼神中的確有幾分緊張。

「抱歉，我最近有太多事，不是故意冷落你。」有奕巳連忙致歉，「事實上，為了準備接下來的參賽事宜，我正準備去找你呢。守護學院最後一個參賽選手『容泫』，你們知道這個人嗎？」

「不是很清楚，大概是三年級的學生吧。」沃倫聳了聳肩，「我覺得比起這個，你更應該擔心米菲羅．卡塔那個傢伙。他竟然也進入了參賽名單，我懷疑這裡面有黑幕，可能有中央勢力從中干涉。」

「哈默家族才是最大的黑幕吧。」沈彥文忍不住吐槽。

「哈哈，雖然我很想承認，但可惜中央現在也不是哈默家族的一言堂。」沃倫道，「而且家族內部也分為好幾派，很多事情就連我都不清楚。大家族之間的相互傾軋，我想，伊爾你應該很清楚吧。」

伊索爾德沉默著，沒有回答。

北辰這些參賽選手中，容泫身分不明，衛瑛還沒回來，又有不安因素。有奕巳深深嘆了口氣，對於自己背負的隊長職責感到十分無力。他有能力帶領著這群人在聯賽中取得勝利嗎？畢竟，其他軍校的學生也不是吃素的。

隨著時間迫近，聯賽的準備一天天有條不紊地進行著。到了二月底，各個軍校的學生們都開始搭乘專列，駛向這次舉行比賽的公開星域。

那是一片無人居住星域，因為靠近邊境和混亂的卡里蘭星系，一直都杳無人煙，因此很適合舉行大型的軍事競賽。而最先抵達這片公開星域的，是來自中央星系的中央軍校。

當那艘銀白色的華麗星艦在港口停穩，展露出它迫人的氣勢時，負責聯賽準備工作的工作人員，都不由得瞪大了眼睛。接著，他們看見穿著古貴族樣式校服的學生一個個從星艦上走了出來。

他們容貌俊逸，神色自信，彷彿生來就是天之驕子。而事實上，被中央軍校派來參加比賽的學生，也大多是共和國的超級世家子弟，他們確實擁有驕傲的資本。

「是中央軍校的學生。」港口負責調度的領航員對同事道，「只有他們，每一屆都是第一個抵達。在其他學校還不知道比賽場地的時候，他們就開始內部訓練了。」

「作為軍部的直屬學校，總是有一些特殊優待的嘛。」

中央軍校抵達後，便在屬於自己的等候區等待。沒過多久，其他軍校也陸陸續續地抵達星港，來者分別是文斯底、血薔薇、中科大軍事學院和銀河飛行學院。這四所學校除了文斯底是老牌軍校外，其他都是新建學校，各有各的特色。血薔薇是一所女子軍校，中科大軍事學院則是中央科技大學的軍事分院，銀河飛行學院更是主要培養星艦、穿梭艦、小型機甲等各種作戰用飛行員。這幾所院校在各自專精的領域上，無一不是佼佼者，但從綜合實力上來看，就稍微遜色了一點。

也因此，在看到早早抵達的中央軍校後，他們神色一凝，沉默地走向等待區，只是站位比中央軍校的學生們錯開了半個身位——這也是另一種形式上的對強者的避讓。

中央軍校的人面色不顯，心裡卻得意起來。而此時，還沒有抵達現場的只剩下諾蘭軍校和北辰軍校。

這兩者，是唯二能與中央軍校互相抗衡的存在。

「那、那是什麼？」

聽到調度員驚呼，所有人凝眉看向星港入口處。只見一艘暗紅色的星艦緩緩在星空中顯現出它的身形，它是如此悄無聲息，只有抵達了你的眼前，你才會注意到它。就算是共和國最先進的星艦隱匿技術，也做不到這麼完美的隱形效果。而等紅色星艦徹底顯形後，人們才注意到它側翼鐫刻的紋章。那是破開荊棘的一柄銀槍，是諾蘭軍校的標誌。

前排中央軍校的學生們不由得往前走了幾步，想要看得更清楚一些。就在此時，星港入口再次出現空間亂流，又一艘星艦跳躍至此，出現在諾蘭軍校的星艦附近。

那是一艘通體純黑的星艦，暗沉得幾乎反射不出一絲光芒，它猶如埋伏在星空中的野獸，不知不覺伸出自己的獠牙捕獲敵人。

「天啊，你們看！」離星港最近的文斯底學生們驚呼起來。

「那個紋章！」

只見在漆黑星艦的艦橋處，原本刻著屬於軍部的紋章已經被一顆亮麗的十字星芒所替代。十字鋒銳修長，好像可以衝破紋章的束縛直直刺入眼底，星芒閃耀璀璨，無人可遮擋其鋒芒。

在場的人，沒有人不對這紋章感到熟悉。而在兩百年前，這更是讓所有敵人聞風喪膽的紋章——「萬星」家徽，象徵著北辰最強大力量的徽章！

北辰軍校竟然在事隔兩百年後重新換上了「萬星」的紋章，這意味著什麼？人們不由得交頭接耳，而軍部的代表見狀，臉色更是黑了下來。

原本正在排隊等待下艦的諾蘭軍校的學生們，也齊齊側頭看向自己的隔壁。他們緊緊盯著黑色星艦的登陸口，等待著將要從那裡走出來的北辰代表隊。

而此時，星艦內，北辰的參賽學生們卻是一團混亂——他們的隊長，蕭奕巳突然不見蹤影！

在外面為北辰軍校的出現而驚異的時候，有奕巳卻躲在一間暗室，和遙遠星系另一端的人通話。

「西里硫斯，這可不是開玩笑！」他低吼道，「你知道現在這裡有多少軍校學生和軍部成員嗎？你要為你說的那些話負責，在戒備森嚴的軍事管轄區，他們哪裡來的膽量和機會？」

「這只是我們的猜測。記得上次我們俘獲的那個輻射變異人嗎？他的同伴拒絕用慕梵和我們交換，也因此，我們從這傢伙嘴裡套出了更多情報。」通訊器的立體投影上，西里硫斯慵懶地揮了揮手，「新人類聯盟組織的野心越來越大，抓住慕梵只是第一步。現在共和國舉行這麼盛大的比賽，在場的都是未來的精英，他們能不插一腳嗎？

我大概……」

「你剛才說什麼？」有奕巳臉色陰沉，「慕梵怎麼了？」

「被新人類聯盟抓住了啊。我沒告訴你？」西里硫斯抓了抓腦袋，「好吧，我忘記了。反正你現在知道了。」

知道個鬼啊！就是連很少暴躁的有奕巳，此時都忍不住焦躁起來。西里硫斯這傢伙，一上來就爆出新人類聯盟會襲擊軍校聯賽的大消息，現在又說連慕梵都被他們抓住了。這接連的兩重衝擊，都快讓他的心臟停止了好不好！

「慕梵的事，帝國那邊知道嗎?他們沒有動作？」

「帝國？」西里硫斯冷冷一笑，「聽說他們的老皇帝最近病重，剩下的王室不是不在國內，就是尚且年幼。恰好此時，唯一正值盛年的慕梵出了意外。你覺得，這只是一個巧合？」

「……帝國要內亂了嗎？」

「這我可不知道。我唯一可以確信的，是如果慕梵近期無法回到帝國，哪怕他以後回去，可能也不是現在這個身分了。」西里硫斯說，「新人類聯盟的人能抓到慕梵，絕對不是巧合。他們既然能勾結帝國，那麼在共和國肯定也有和他們暗通消息的人。你要小心。對了，還有一件事——」

叩叩，敲門聲恰好在此時響起，有奕巳顧不得聽完，就匆匆掛斷了通訊。

「你在這裡。」

門被打開，一個高大的人影站在門口，皺眉看著他。

「大家都在等你，作為隊長，你卻一個人偷偷摸摸躲起來，不覺得自己失職嗎？」

「容泫。」

有奕巳認出對方，這個一臉不滿的少年，正是這支參賽隊伍中，他唯一不熟悉的人。而且不知為何，容泫似乎對他抱有敵意，自見面以來，態度就一直很惡劣。

「我很抱歉耽擱了時間，但我可以肯定，我並不是在無故浪費時間。」有奕巳站起身，「作為隊長，有很多工作需要處理不是嗎？」

「但願如此。」容泫冷冷看了他一眼，「那就請隊長大人帶我們下艦吧。」

有奕巳無奈苦笑，自己到底哪裡招惹到這傢伙了？

「小奕！」

這時，其他人也找了過來。有奕巳朝他們揮了揮手：「抱歉，我去處理了一些事情，現在就出發吧。」

「北辰艦隊的這一幫人，越來越不服管教了。」

星港外，主席臺上的軍部要員皺眉看著那艘星艦。

「竟然把紋章換成那種東西，他們是故意挑釁我們嗎？」

「這些傢伙，大概也不把軍部放在眼裡吧。不過是區區軍校生，膽量未免也太大了。看，他們出來了。」

此時，就連諾蘭軍校的學生們，都已經到自己的等候區站好，北辰軍校的人員才姍姍來遲。

最先走出來的，是穿著黑色制服的守護學院參賽學生，兩男一女的黑衣學員，身材都異常高眺，走在前方宛如一把出鞘的利劍。而緊跟在他們身後的，則是星法學院的參賽學生，白色的校服與黑色校服形成鮮明對比，更襯托出他們的幾分溫雅。

北辰雙院的黑白校服，在星域內也是聞名遐邇。

「哇，好帥。」捂嘴歡呼的血薔薇女學生驚呼道，「那是什麼？」

等人們看到走在最後的幾人時，眼中卻不由露出疑惑。

他們雖然也穿著黑白色制服，款式卻明顯和北辰校服有些不一樣。制服袖口和領口的別致花紋，並不是北辰校徽，而是與星艦上一模一樣的十字星芒。而所有人都戴著軍帽，帽簷壓低，遮住上半張臉，只露出俐落的下顎線條。

走在最前面的白衣人，腰間還配著一柄禮刀，行走間長襬前後搖曳。而三名黑衣騎士則緊緊跟在他身後，像是時刻守衛著主人的忠心侍衛。

「竟然有三名守護騎士，那傢伙就是傳聞中的蕭奕巳？」

中央軍校陣列，有人譏諷地開口：「擺出這麼明顯的陣勢，是怕別人不知道他是誰嗎？」他詢問著站在他們佇列最前方的紅髮青年。

「怎麼，你怕在陣勢上輸給他嗎，安得爾？」青年笑一笑，單手撐著下巴，右手銀色的袖襬上刻紋著暗語。

沉穩，執著，一擊必得。

這是中央軍校的校訓，也是他們一直以來獲得勝利的法則。

「不要著急，安得爾。」紅髮青年的目光，在有奕巳幾人身上一閃而過，最後落在有琰炙臉上。

「比起那個初出茅廬的小子，我們有更需要關注的人物，不是嗎？」

共和國有史以來，最年輕的乾階天才，有琰炙。紅髮青年——艾爾溫．哈默的臉上，露出一絲若有所思的笑容。他究竟是病鬼還是天才，還真是讓人拭目以待。

所有的軍校生都到齊後，軍部負責支援比賽的官員，簡明扼要地宣布了比賽紀律。

不得蓄意挑釁，不得製造無謂的傷亡，比賽期間禁止和外界聯繫。所有的規則總結來說，不過就是這三點。

「那麼，在正式的聯賽開始之前，你們還有半天的休整時間。明天上午，比賽將正式開始，所有人在今晚會得知比賽的正式內容。現在，解散！」

習慣了軍校生活的學生們，對此沒有表達任何不滿。他們的紀律，讓發言的官員很滿意，但與此同時，對於差點遲到的北辰代表，心裡卻更加不快。

他想著，這幫初出茅廬的小子，早晚會讓他們吃到苦頭的。

所有軍校的參賽生就位，進行賽前動員和宣誓，星港的實況鏡頭，將每一支學院的風采傳遞到了數億觀眾面前。

無論是在星網還是傳統媒體上，關注全星域聯賽的人數一直呈指數增長。而在有奕巳幾人出現後，討論聲更是翻了幾倍。

星網實況區的留言板上，不少人都在議論著「蕭奕巳」這個名字，他的容貌也是眾人評議的目標。

——我還以為能寫出那些論文的必然是個老學者，看起來挺年輕的嘛。

——哪裡是年輕，這麼英俊有為的少年，全星域還能找出第二個嗎？

——喂喂，上面的你把有琰炙放到哪裡去了？

——有琰炙？他現在不也是拜倒在蕭奕巳的石榴褲下，要我說英雄難過美人關，正是這個道理……

話題似乎在向詭異的方向發展，這時又有一則留言冒了出來，卻很快被其他留言刷了下去。

——帝國王子慕梵也是北辰軍校的人吧。如果他沒失蹤，這場比賽的勝負都不用比了。

然而，發言的人很快就被禁言，慕梵的名字也變成了留言區的禁用詞語。

此時有奕巳還不知道，隨著現場實況影像傳出，一夜之間他又在共和國內多了數萬粉絲，甚至還有不少帝國的民眾外連網路，專門為了一睹他的風采。而隨著有奕巳名聲傳開，一些暗中關注著他的人又是開懷，又是擔心。

好不容易，等繁複的宣導儀式過去，各個學校的人就進入了安排好的公共休息室。

這個公共休息室還聯通著各個學校的私人休息空間，而這其中的安排也是有講究的。比如，千萬不能將北辰軍校的休息區和中央軍校的休息區放在一起，否則第二天早上起來肯定會看見一片屍橫遍野——這是有前科的。當然，將血薔薇女子軍校和諾蘭男子軍校放在一起也不合適，孤男寡女還沒等比賽開始就醞釀出奸情，這樣比賽還怎麼進行下去？

比賽的主辦方為了安排住宿就耗費了不少腦細胞，更別提其他事了。總之，這次全星域軍校聯賽，有多麼興師動眾、耗資巨大，由此可見一斑。

就在整個星系都為這場比賽而調動起所有興奮的情緒時，在遙遠的卡里蘭星系，有人卻以另一種態度在期待著這場聯賽。

「這是一次機會。」坐在高座上的人說道，黑暗遮蔽了他的面容，卻沒有遮蔽他的聲音。

「所有的雞蛋都撞在同一個籃子裡，機會只有這麼一次，錯過了，下次不知道還要等多久。」

「但是，我們能夠成功嗎？」有人恭敬地問，「我們不能為了一次行動，而讓漫長的大業露出破綻。」

在高座之下，站了齊齊的一排人，他們都穿著黑袍，袍子上繡著互相糾纏的基因序列。

「只有抓住機遇的人才會成功。」高座之上的人看了屬下一眼，「放心，前方自會有同伴為我們創造機遇。而且，我們還有他。」

想起「他」，臺下每個人臉上都露出既自傲又畏懼的表情。

「一隻完全服從命令的鯨鯊。」高座之人笑道，「沒有比這更好的武器了。」

這一次的賽事由軍部主辦，出手闊綽，不僅住宿條件優渥，就連公共的休息空間都是經過精心布置，舒適也不失實用功能。公共區域分為幾個部分，有能連接外網星腦進行對戰模擬的對戰區，有能煮製出各種風味美食的美食區，此外，還有圖書區、茶室等區域。

布置得如此齊全，住進宿舍區的各校學生們都不喜歡待在宿舍，反而都愛在外面交流。

「那些女性學員，是來自血薔薇軍校。血薔薇建校百年，已經為共和國培養了兩名優秀的女性中將。再看那邊穿著奇怪，與我們制服不一樣的，是中科大軍事學院的學生。他們身上的參賽服是中科大研究院的最新產品，功能不對外透露。」進入了公共休息區後，對各個學院情況瞭若指掌的伊索爾德，向有奕巳幾人介紹著，「校徽上有羽翼般標誌的是銀河飛行學院的人，他們最擅長培養飛行人才。還有諾蘭……」

看著那群正向他們走過來的紅色制服的軍校生，他不由得止住了話題。

「北辰軍校的代表？」為首的一個褐髮青年說道，「我是諾蘭的參賽隊隊長文森特‧卡爾。希望在比賽時大家都能發揮出自己的實力，公平地爭奪榮譽。」

有奕巳客氣地握住他的手：「蕭奕巳，北辰代表隊隊長。這次競賽我們會用盡全力，比賽見。」

文森特．卡爾皺了皺眉，沒說什麼，倒是他身旁的一個人哼了聲，道：「用盡全力？也對，把帝國的人都招進學校為其所用，你們的確是無所不用其極呢。如果那個慕梵也在這裡，想必你們肯定會把他帶過來吧。」

「韓漣！」文森特低聲呵斥隊友。

那個叫韓漣的青年翻了翻白眼，也不好再說什麼。只是他不說話，卻總有人盯著他看。他見有奕巳愣愣地盯著自己發呆，不快地說道：「我臉上有什麼東西嗎？」

「不，嗯，其實，你有沒有一個雙胞胎兄弟？」有奕巳看著眼前這張異常熟悉的臉，有些吃驚。

「我是家裡的獨子，沒有兄弟。」韓漣道，「你別以為攀上關係我就會和你們客氣，哼，叛徒。」

叛徒？有奕巳噎住了，這什麼意思？難道又是齊修的問題？可是轉頭一看，似乎也不像。

文森特似乎對這個脾氣暴躁的小子沒有辦法，匆匆對有奕巳幾人道了聲歉，便帶著人離開。

然而，在經過伊索爾德身前時，韓漣狠狠瞪了對方一眼，才邁步走遠。

「本來還想跟諾蘭軍校打好關係，現在看來計畫泡湯了。」在他們離開後，有奕巳苦笑道，「開局就很不利啊。」

「抱歉。」伊索爾德苦澀道，「都是因為我的原因。」

「和你有什麼關係呢？伊爾。」有奕巳搭上他的肩膀，「你是正當考進北辰的學生，擁有正式的學籍，軍部也蓋了章。見到你來參加比賽，一些無關緊要的人隨便說幾句，你有什麼錯？哼，他們想要一名星鯨家族的同伴作為隊員，還求不到呢。」

「就是啊。」沃倫笑咪咪地附和，「會修練異能的星鯨啊，伊爾你可是稀有動物，不懂這點的人都很沒有品位。」

伊索爾德暗暗翻了他一個白眼，卻也不再自怨自艾。

「對了，我怎麼沒看到米菲羅．卡塔？」有奕巳問。

「在那。」沃倫聳了聳肩，「看來在比賽開始之前，我們就要提防會不會出現一個叛徒了。」

有奕巳循著他的視線看去，只見米菲羅．卡塔殷勤地圍在一個穿著銀色制服的青年身邊，表情恭敬地與對方搭訕。那人有著一頭熟悉的紅髮，讓有奕巳忍不住回頭看了沃倫一眼。

「紅髮？」

「你沒猜錯。」沃倫道，「那的確是哈默家族的人，是我同父異母的兄長。」

沃倫的頭髮是火一般耀眼的紅，而那個青年的紅髮卻像血一樣凝稠，讓有奕巳心裡很不舒服。彷彿是注意到這邊的視線，紅髮青年抬頭望來，看到他們，友好地一笑。

然而那笑容，卻像是虛假的面具，讓人更加不愉快。

「有空在這裡操心別人的事，不如回去修整準備比賽。」一直沉默的容泫看都不看，走過他們，「我先回去休息。」

「喂，等等……」有奕巳出聲，卻沒有留住人。

「看來你這個隊長當得很辛苦啊。」沃倫笑著，拍了拍他的肩膀，「放心，我是堅定地站在你這邊的，比賽加油喔，隊長。」說著，他帶著齊修就走了。

「……」

一眨眼隊員就散了大半，有奕巳看著唯一還留在自己身邊的人，忍不住扶額。克利斯蒂和琰炙師兄去宿舍區整理行李了，衛瑛從衛家出發，還在路上，只有伊索爾德留在了他的身邊。

兩人面面相覷，最後還是有奕巳的肚子發出了叫聲。

伊索爾德笑道：「我們去吃點東西吧。」

有奕巳早就餓了，自然忙不迭地同意。

此時，美食區還是有不少人，大多以配有薔薇袖章的女生居多。愛吃和愛美，似乎是女性的天性，哪怕是軍校也不例外。

這些血薔薇女生看見兩人走了過來，低低議論了一陣，不時發出意義不明的笑聲，讓有奕巳有些毛骨悚然。

「我在這裡坐一會，你去點菜吧。」有奕巳對伊索爾德說，「我不想排隊，那邊女生太多了。」

伊索爾德失笑：「你這樣對女士可是很失禮的。」說罷，他走到排隊點餐的隊伍中，與旁邊的血薔薇女生聊了起來。看著他那翩翩公子的模樣，有奕巳覺得自己根本做不到，他只能無聊地拿起桌上的紙巾，開始摺紙鶴。

等摺好了一隻的時候，他面前坐下了一個人，有奕巳以為是伊爾回來了，抬頭一看卻是一張陌生面孔。

「抱歉，這裡有人坐了。」

那人像是木頭一樣，盯著他手裡的紙巾。

「這是什麼？」一個沙啞普通的聲音響起。

「不過是無聊打發時間，是紙鶴——」有奕巳說到一半，看著自己手裡的東西沉默半晌。他原本摺的是千紙鶴，可現在這個是什麼東西？紙鶴不像紙鶴，鳥不像鳥，倒像是一隻長著翅膀的魚，頭部還異常巨大，不由得讓人聯想到某種生物。

「這個，算是鯊吧。」有奕巳笑了笑。

「沒有尖牙，怎麼會是鯊？」

「那就是鯨魚！」

「鯨魚的鰭肢沒有那麼長。」陌生人想了想，又道，「鯊也沒有。」

被這個人批評了，有奕巳有些羞惱：「那這就是一個燈泡！行了吧？頭大，瓦數高，還很礙眼。」

誰知道，這回陌生人卻沒有回話，而是坐在那裡看著這紙摺成的四不像，不知道在想些什麼。

「小奕，這位是你朋友嗎？」伊索爾德回來了，看著兩人問道。

這個古怪的人立刻站起身，也不打一聲招呼，就端著自己的食物走了。

「不認識的人。」有奕巳看著他的背影，對伊索爾德道，「這裡怪人還真多，伊爾，你知道他是哪所學校的嗎？」

「是文斯底。最近這所學校越來越沒落，既沒有北辰和中央軍校的底蘊，也比不上新興軍校的特色。他們參賽的學生，連我都認不全。」伊索爾德說。

有奕巳翻了翻眼皮：「是是是，百科全書大人，快坐下吧，我都快餓死了。」

他吃著伊爾端來的食物的時候，才發現那隻摺紙不見了。不知是被人順手拿走了，還是掉在某個地方？但有奕巳很快將這件事拋置腦後，不再想它。

而另一邊，一個其貌不揚的文斯底軍校生，卻帶著一隻摺紙回到宿舍。他把摺紙放在床頭，時不時把玩著。每當這時，那雙沉寂的眸中就會閃過什麼。然而那光芒太細微，讓人一瞬都抓不住。

當天晚上，衛瑛最後一個抵達。

衛止江的事塵埃落定，衛家還有一堆麻煩沒有處理，剛從家族趕回來的衛瑛，臉上還有幾分疲憊。然而她卻筆直地站著，望向有奕巳，似乎一旦他有什麼命令，她就會立刻去執行。

「妳先去休息吧。」有奕巳忍不住對她說，「明天的比賽，不用擔心。」

衛瑛十分信賴他，見狀便點頭離開。她的確很累了，需要睡眠。

「好吧，現在我有一件事需要告訴你們。」有奕巳看著最後留下的幾人，緩緩開口。這裡是他最能信任的三人，他的三名騎士。「事實上，就在不久之前，我收到了一個情報……」

這一晚，有奕巳房間的燈光亮到凌晨，而在遙遠的北辰星系，威斯康校長也是一夜未眠。

他手裡拿著老友送過來的祕密情報，翻來覆去，難以入眠，一時間彷彿又看到了當年烽煙四起的樣子。

為什麼偏偏挑在這個時候？

威斯康想，哪怕再晚個幾年，等他庇護下的孩子羽翼豐滿了也好啊。可惜，世事弄人，命運從來不會因為某人的祈求而停下腳步。

須臾，威斯康舒展眉頭，輕輕一笑。

現在也來得及，趁他這一身老骨頭還有力氣，還可以為那些小傢伙做好最後的準備。

「銘齊啊。」老人幽幽的嘆息，飄散在晚風中。

全星域軍校聯賽的前夕，註定是個不寧之夜。

和通宵未眠的某些人不一樣，為了養精蓄銳，各大軍校的參賽生都好好睡了一覺。

等他們醒來的時候，自然看到了昨晚軍部發來的比賽通知。

「尋找內奸？這比賽是怎麼回事？」有人看著通知，發出不解的疑問。

致各位參賽學院：

在本屆全星域聯賽中，諸位的擬定身分，是正在赴往前線的軍士。你們需要在三個自然日內趕到前線支援，否則前方戰局將不可挽回。但是這支支援的隊伍中，卻藏有敵人的奸細。他埋伏在你們之中，竊取你們的情報，擾亂你們的計畫。

各位的任務是成功抓住奸細，並及時抵達前線。

「奸細？」有奕巳失笑，「就不知是真內奸，還是假內奸呢。」

在他旁邊，昨晚聽到祕情的幾人遙遙對視一眼。

有琰炙道：「這裡設定的『前線』，太靠近卡里蘭星系了。」這讓他有不好的預感。

「怎麼，你們怕了？」

旁邊走過來一人，正是昨天挑釁他們的諾蘭學生韓漣。

「不過區區一個奸細而已，抓出來就好。還是說，你們作賊心虛，怕曝光自己奸細的身分？」他的目光在伊索爾德身上上下打量，似乎對這位「外國人」不懷好意。

「常言道賊喊捉賊，不知你口中的奸細究竟指的是誰呢？」有奕巳拉住他的手，

「同學，我可以忍受你一次挑釁，不代表我允許你再三對我的朋友不敬。」他微微瞇

起眼，「下次再被我發現你故意針對我的隊員，我就不客氣了。」

「你！」韓漣羞惱地後退一步，「他是亞特蘭提斯人啊！你們北辰的死敵！你們腦子生鏽了嗎？幹嘛這麼護著他？」

「啊啊，你說得對，亞特蘭提斯人曾經是北辰的死敵，但那也是我們的事。大戰時龜縮在內部不敢出戰的外人，有什麼資格置喙我們之間的事？文森特隊長。」有奕巳看見來人，「請把你們家的隊員領回去。」

「抱歉，失禮了。」文森特．卡爾揪著韓漣的衣領，把人扔到自己身後，「韓漣違背校紀，不要打壞就行了。」

一聲令下，幾個諾蘭軍校的學生壞笑著撲了上去，其他幾人只聽見韓漣的連連哀叫，看不見裡面那悽慘的場面。

諾蘭軍校真是校風彪悍，對自己人也毫不手下留情。

「其實，我是來與你們商談合作事宜。」文森特看著有奕巳道，「還有半個小時，各個學校都將出發前往『前線』，我希望我們能結伴而行。」

「結伴？」有奕巳笑咪咪道，「你不擔心我們是內奸了？」

「至少在這群人裡面，我更相信你們。」文森特道。

有奕巳搖頭晃腦，「那真是十分感激貴校的信任。可惜——你不懷疑我，我卻不得不懷疑你。諾蘭軍校也可能是『內奸』，我該如何放心與你們同行？」

「喂，你這個不知好歹的……啊，痛啊！老大，讓他們輕點！」

韓漣的哀鳴聲淹沒在一片拳腳之中。

公共休息室中，其他軍校生好奇地看過來，文森特面不改色道：「的確，你們有這個憂慮，但是同樣的顧慮我也有。而在這種擔憂下，我選擇和你們合作是有理由的。」

「哦，說來聽聽。」

「一，我們彼此實力相當。」文森特說，「哪怕任何一方真的是內奸，另一方也可以及時阻擋他們，讓其他學校能夠順利抵達『前線』。二，在所有學校中，即便其他四所學校都是內奸，我們也是最強的聯盟。」

他的言下之意，是認為除了北辰軍校，沒有人能與他們比肩。這句話還是在公共場合大方地說出來的，有奕巳摸了摸鼻子，笑道：「你這麼奉承，我再拒絕豈不是不好意思？」

「我只是說實話。」

「巧了，我就愛聽實話。」有奕巳笑著，伸出手，「合作愉快。」

北辰軍校與諾蘭軍校合作的消息，很快就傳遞開來。中央軍校有人憂心忡忡道：「艾爾溫，你就不擔心嗎？他們兩校聯手，就更難對付了。」

艾爾溫·哈默愜意地坐在休息區，搖了搖手中的酒杯。

「擔心？對於註定要失敗的人，我為什麼要擔心？安得爾，我們追逐的不是一時的榮耀，而是更長遠的利益，透過這次比賽，你會明白這一點。」

安得爾看著自己效忠的青年，血一樣的紅髮讓對方看起來充滿了壓迫感。他恭敬地低下頭，道了聲「是」。

七艘星艦齊齊從星港出發的場景，算得上是震撼人心。最起碼，觀看實況的觀眾們都被這幅場面震撼住了。然而，他們很快注意到，在七艘來自各個學校的星艦中，有兩艘彼此親昵地緊靠在一起，結成聯隊。

「天啊，是北辰軍校和諾蘭軍校的星艦，他們結盟了嗎？」

「這麼早結盟，不是暴露實力嗎？」

「我早就知道諾蘭會與我們聯盟，你也不看看，當初啟明星是從哪裡畢業的。」

這句話出自北辰的一名觀眾。

「看，中央軍校的星艦也啟航了！」

「血薔薇的女子學員們也出發了，唉，那些女孩真是惹人憐愛呢，就沒有哪家學校和她們聯盟嗎？」

議論聲未曾停止，而在北辰的星艦內，有奕巳卻在托腮凝思。

——新人類聯盟，會趁機襲擊這次聯賽。

這是他從雷文要塞的西里硫斯那裡得到的情報。然而對方究竟會從哪裡襲擊，會在什麼時候動手，有奕巳卻是愁眉不解。他不能把這個消息暴露於眾，外面的狼子野心必須提防，共和國內部同樣不是一塊鐵板。新人類聯盟在這次比賽中肯定有內應，他不能過早暴露自己已經知道內情，只能盡量做好萬全的防備。

有奕巳想，他們究竟會在什麼時候出手呢？

「小奕。」克利斯蒂推門走了進來，「諾蘭軍校的文森特帶著他的隊員過來了。」

有奕巳站起身，「我去見他們。」他走到一半停住，「克利斯蒂師兄，你覺得我是不是該告訴他們？」

克利斯蒂知道他在指什麼。

「沒有必要，他們只是臨時的合作伙伴，還不知道值不值得信任。而且，那件事你就算說出去，也未必有人相信。他們會追問你情報來源，到時候你該怎麼解釋？」

雷文要塞發生的事情，現在還不是暴露出去的時候。

「你的隱瞞，並不是件壞事，只是為了讓保護更多人。」克利斯蒂說。

「那師兄如果有一天發現，我也有別的事隱瞞著你呢？」有奕巳忐忑道，「還瞞了很久。」

「那只能說明，我的能力還不夠讓你放心地對我坦白一切，這是我的失職。」克利斯蒂揉了揉他的黑髮，「小奕，不用擔心這些。我是你的守護騎士，這點永遠也不會變。」

「謝謝，師兄。」

有奕巳笑了，他雖然沒有雙親，但是關心他的人，卻從來沒有少過。這是多麼幸福的一件事。

有奕巳來到會客廳的時候，文森特已經等了很久了。

「怎麼那麼慢才來？」韓漣怒瞪著他，「有你這樣的待客之道嗎？」

有奕巳頭疼地看著他：「你這麼暴躁，讓我想起我的一個朋友，真該介紹你們認識。」韓漣和沈彥文見面的話，肯定會從早吵到晚，根本沒有停止的時候。

「你真的沒有兄弟嗎？」他看著韓漣，注意到對方的眼眉，和某個星球上的少年一模一樣。

「沒有！你要問幾遍？」韓漣不耐地翻了個白眼。

「我覺得也是。要是他的性格也像你這樣，我可不敢預定他做我的候補騎士。」有奕巳說。

「你——」

「安靜。」文森特用指節敲在韓漣頭上，「我這次來，是為了討論合作的具體事宜。首先——」

他話還沒說完，在場幾人便被一道從船舷邊閃過的耀眼光芒閃了一下，不一會，又是一道光芒追了過去。只見遠處兩艘星艦一前一後，似乎是在進行競速比賽。

「是銀河飛行學院和中科大軍事學院。」伊索爾德道，「只有他們星艦的飛行技術和設施，可以以這樣的速度航行。」

有奕巳失笑道：「他們是在競速嗎？」

「比賽只有兩個任務，一是抓住內奸，二是抵達『前線』。」文森特道，「大概抵達『前線』的名次，也會影響學校排名。他們就是在競爭這一點。」

「那你不著急嗎？前兩名都被他們拿了，就只能拿第三了。」

說話間，只見血薔薇的星艦也咻地一閃而過。

「哦——現在第三也懸了。」

文森特看著他：「我不急於一時。」

「也是，磨刀不誤砍柴工。」有奕巳在他面前坐下，「那麼，就讓我們來談一下合作條款吧。」

等兩所學校的隊長，開始討論合作事項時，他們各自的星艦也抵達了第一個跳躍點。這個時候，還沒有進行跳躍的只有北辰、諾蘭，還有中央軍校了。

「蕭首席。」控制室內的領航員發來詢問，「我們是否進行空間跳躍。」

這次隨行的，除了各個學校的代表隊，還有一些最基層的輔助人員，這些都是軍隊裡最低階的士兵，專門輔助軍校的學生們。

「跳躍。」

有奕巳剛下達命令沒多久，身體便感覺到一股失重感——這是空間跳躍啟動時的反應。

他頓了頓，正準備和文森特繼續商議，通訊頻道裡突然傳來緊急呼喊。

「首席！緊急情況！前面發現血薔薇殘艦！」

「什麼?!」

有奕巳和文森特站了起來，在彼此眼中看到了驚疑。

第三十八章　飛龍在天（四）

CHIEF PROSECUTOR OF THE GALAXY

黑暗的星空內，血薔薇的星艦殘骸猶如殘碎的屍骨，零散地飄盪在失重的空間。偶爾有一兩片碎片從船舷前劃過，帶著令人心寒的冷意。

幾艘剛剛跳躍過來的星艦，小心翼翼地探查著周圍的環境。

北辰軍校、諾蘭軍校、中央軍校，還有文斯底軍校。四家學校的四艘星艦，在血薔薇星艦的殘骸旁圍成一圈，既不敢再次跳躍，也不敢返程。一時間，進退兩難，竟然就這樣被困在了這裡。

有奕巳在指揮室裡踱步，不一會，有人進來報告：「首席，我們搜索到一個求救訊號！似乎是血薔薇的逃生艙發來的！」

「快去營救！」

「是！」

北辰所有人齊聚在指揮室，文森特等人則早早返回了諾蘭的星艦。

「這種碎裂程度，也太壯觀了吧。」沃倫嘖嘖感嘆道，「那可是一艘戰略級別的星艦，防禦等級至少要中兩枚穿梭炮。就這樣被打碎了？」

「是星盜嗎？還是遇到了時空亂流？」伊索爾德猜測。

容汯看了他一眼，道：「這片區域靠近卡里蘭星系，一般星盜不敢深入此地。而我們這次使用的跳躍軌道是固定航線，向來穩定，之前也從來沒出現過異常。」

克利斯蒂說：「既然如此，只能猜測別的可能了。」

他和有琰炙、齊修對視一眼，想起了有奕巳透露給他們的消息。

難道，是新人類聯盟的人已經開始下手了？

幾人你一言我一語猜測著事情的原因，而自始至終，有奕巳都沒有說話。容汯一直打量著他，忍不住道：「你沒有什麼想說的嗎，隊長大人？」

聽著他這聲問句，有奕巳抬起頭來，無奈地攤了攤手：「想說的有很多，但就像伊爾猜測的，沒有線索的情況下都只是臆想。等找到了血薔薇星艦上的倖存者，再做判斷也不遲。」

他正說著，便有星艦上的士兵前來報告，逃生艙已經被救援回來，幾人連忙起身，向外走去。

「天啊，這傷痕，嘖嘖。」沃倫看著眼前剛被運送進來的逃生艙，感嘆道：「恐怕是在爆炸的前一刻才逃出來的吧，也不知道逃出來幾人。無論是什麼人下的手，也太不憐香惜玉了。」

「戰場上哪有男女之分。」容汯說，「她們既然進入軍校，就不是一般女子，認為她們需要呵護才是對她們的輕視。」

衛瑛聽見這句話，不由自主地點了點頭。旁邊，齊修忍不住看了容汯一眼。

這時，一個人影突然越過眾人，向逃生艙跑去。

「小奕！」

克利斯蒂喊著，卻見有奕巳已經鑽到了逃生艙下，和試圖打開艙門的技術人員一起等待著。

「氣壓降低！打開一號栓、二號栓，門開了！」

逃生艙的大門緩緩打開，所有人不由得屏住呼吸，感覺到一股異樣的氣息在空氣中傳遞開來。

有奕巳站得最近，也感受得最為深刻。他閉上眼睛，感受細胞裡的每一絲震顫。

「果然沒錯，就是它。」

而等他再睜開眼睛，望向逃生艙時，已經預料到了裡面的場景。

「天啊！怎麼會這樣？」

「這是怎麼回事？」

與周圍人驚詫錯愕的反應不同，有奕巳退後幾步，大喊：「防護服！帶一件防護服過來！」

他話還沒說完，就被身後的人用力拉著扯開。有琰炙和齊修，一人抓著他的一隻手，將他帶離逃生艙二十公尺外。

「是輻射？」有琰炙看著他，咬牙道，「你早就猜到了，還離得那麼近？」

「……哈哈，怎麼會？我是剛才才知道。」有奕巳哈哈幾聲，試圖矇混過去。

有琰炙瞪了他一眼，拿起克利斯蒂找來的防護服，簡單套上。

「等我出來再找你算帳。」說著，他便彎腰，躬身進了逃生艙。

有奕巳苦笑兩聲，隨即大聲道：「所有人離開這裡，不要靠近！接觸過逃生艙的人暫時隔離，請到安監室進行檢查！」

「喂喂，這究竟是怎麼回事？」沃倫道，「什麼輻射、隔離的，你這樣會讓我想起不好的回憶啊。」

在雷文要塞，瑪律斯星球上經歷過的事情，對於這些人來說都是今生難忘。

「沒錯，就是你想的那樣，是同樣的輻射。」有奕巳說，「血薔薇的倖存者已經被感染了。」

說話間，有琰炙已經抱出了幾個昏睡的女孩，而在她們的面容上，所有人都可以清晰地看到那些宛如魚鱗一樣的鱗片。

「輻射竟然感染得這麼快。」有奕巳喃喃，忍不住想要湊上前，再看清一點。可惜，齊修這時已經一把撈起他，把人直接帶離這個空間。

「我只是想遠遠地看一眼啊。」有奕巳忍不住抱怨，「別勒我肚子，好難受啊齊修。衛瑛，救我……」

衛瑛從他身邊走過，淡淡道：「如果是那種輻射的話，你的確不應該待在這裡。你對我們很重要，小奕。」說著，她還幫齊修打開了一扇門，方便他帶有奕巳跑得更遠。

……你們兩個，怎麼平時不覺得你們關係這麼好呢？

直到有奕巳被帶到離逃生艙最遠的房間，齊修才把人放下來。不一會，克利斯蒂走了過來，向他彙報那幾個女孩的情況。

「她們只受了些皮肉傷，意識已經開始恢復，但是輻射的影響……是不可逆的。」

想起女孩們臉上那可怕的鱗片，有奕巳沉默了半晌。

「琰炙師兄呢？」

「他今天不會過來了。」克利斯蒂說，「要確保身上接觸到的輻射能量已經消失，他才會出現在你面前。至於詢問血薔薇的倖存者，這件事交給我們來做。」

有奕巳：「你們是不是太過保護我了，我就不能做點什麼嗎？」

「你能做的有很多。」齊修說，「但不是這些危險的事。」

有奕巳有些氣悶，感覺自己像是被關在籠子裡的金絲雀，一點都不自由。他悶悶地蹲在一邊，故意不想搭理這幾個合伙「隔離」他的人，但是他的守護騎士們並不介意，反而因為沒有他的打擾，更加投入到自己的工作中。

有奕巳感覺有些沮喪。難道他真的是一個沒用的花瓶嗎？你看，連伊爾都被派去打探消息了，只有他被關在這裡。

「偽星家族、阿克蘭家族、哈默家族、衛家還有沈家，你結交的權貴還真不少呢，這還沒算上亞特蘭提斯的那幾位貴族。」

聽到這熟悉的嘲諷聲音，有奕巳才注意到還有另一個人和他一起待在房間。

「容泫？」他有些錯愕，「你怎麼會在這裡？」

「我和你不同，他們不信任我，自然不會交給我任何任務。」容泫抬了抬嘴角，「喂，隊長大人，你究竟是怎麼討好那些大世家的子嗣的，他們竟然都如此看重你？有什麼祕訣，不妨告訴我？」

「……」

「怎麼，難道你是怕我知道了，會搶走你的人？」

「怎麼會？」有奕巳露齒一笑，「我是擔心就算教給你了，以你的智商也學不來。畢竟，不是人人都有我這樣的天賦和能力。」

容泫不氣反笑道：「你承認了。區區一個普通人，入學以來就一直和這些權貴打交道。你果然是有預謀的，你是想靠他們進入權力中心？還是想利用他們作為墊腳石，走到更高的位置？」

「利用？攀附？原來你一直以來就是這麼看我的。」有奕巳笑道。

「我需要利用他們？」他看著容泫，「你所說的這些我需要仰仗的世家子弟，哪一個入學考試考了將近滿分？哪一個可以在入學第一年就在《星法》連發兩篇核心論文？而他們，又有誰有能力可以力挽狂瀾，將註定敗訴的案件辯護成無罪？」

「如果你能指出任何一個人，可以做到和我一樣的事情，那我就承認你的觀點。」

有奕巳笑了笑，「但是，沒有。既然如此，憑什麼說是我在攀附他們？」

「你是在吹噓你的能力？」容泫咬了咬牙，「和世家的交往能給你帶來更大的好處，這也是不可否認的。」

「那麼，我沒有給他們好處嗎？」有奕巳道，「既然他們看中了我的潛能，使用我的能力。我看中他們的地位，獲得一些便利。這份交換是我憑藉自己的努力換來的，有什麼不對？」

他看著容泫僵硬的表情，忽然了然地說道：「原來如此，你覺得我僭越了。」

「我是平民，就應該遠離這些不可一世的世家，成為平民的典範，帶領他們一起抵抗這些大家族。一個平民英雄，這就是你對我的妄想？」有奕巳笑，「可惜我讓你失望了，所以你才這麼討厭我。」

「你只不過是為了自己的利益！」容泫怒吼道，「你根本不知道，我們這些普通學生想要獲得和他們一樣的地位，有多困難！只有打敗這些世家的壟斷，才能獲得真正的公平！而你卻只顧你自己——」

「公平？」有奕巳失笑道，「你真的知道什麼是公平嗎？」

「……什麼意思？」

有奕巳走過他身邊，低聲道：「在打破現有的平衡後，要怎麼分配這塊巨大的肥肉呢？歷史上所謂的改革，只不過是讓原本的平民成為新的世家，舊世家淪落為凡人而已。權力這塊肥肉，永遠掌握在少數人手裡。」

「所以你想成為這些少數人之一？」容泫冷冷地看著他。

有奕巳說：「我只是想讓他們吃相不要太難看。」

說完這句話，有奕巳便丟下容泫一個人，走出房間。來到外面，他深深吸了一口氣。沒想到北辰軍校裡竟然還有這樣的激進分子，有奕巳感到有些頭疼。

「小奕。」克利斯蒂走了過來，「血薔薇的學生們已經醒來了，琰炙正在詢問她們，你要過去看看嗎？」

「我可以去？」
「你可以在外面看。」克利斯蒂說著，帶著有奕巳走向隔離室。
「你好像有些疲憊？」
「沒什麼。」有奕巳擺了擺手，「只是有點累。剛剛有人問了我一個問題，而我發現自己並沒有更好的答案，有些鬱悶。」
克利斯蒂笑了笑：「現在沒有更好的答案，可以慢慢想，總會有結果的。」
「嗯！」
「到了。」兩人走到一扇門扉前，克利斯蒂走進去，「裡面是隔離室，你在外間聽就好。小奕？」
他回頭看去，卻看到有奕巳正呆愣愣地望著隔離室。
「……慕梵？」
裡面的人似乎感應到他的注視，回頭望來。在強烈的燈光下，那被照耀得近乎銀白的髮色，閃過流金的暗芒。而那雙淡色的眸子，也不是有奕巳想像中的暗眸。
是有琰炙。
為什麼剛才有一瞬間，自己竟然把他看成了慕梵呢？
有琰炙正在詢問剛剛恢復意識的女學生，然而他的口氣實在是說不上溫柔。對待外人的時候，他大多時候都顯得十分冷漠。

然而慕梵卻和他相反，對於初次見面的人，他總是帶著笑容，讓人心生好感。再次接觸過後，你才會發現他的笑臉下是不容許人反抗的強硬，令人膽寒。

只有真正瞭解慕梵的人才知道，這位亞特蘭提斯王子，其實是一個直率的人。他會將長兄的死銘記百年，日日夜夜為復仇而磨練自己；他在權勢爭奪中急流勇退，不遠萬里來到敵國，不在乎旁人的質疑；他能在得知真相後，放下多年的執著，沒有被盲目的恨意遮蔽雙眼。

他自傲，但不固執；他強大，但不濫權。

他的魅力不是來自於外表，不來自於他的力量，而是來自於靈魂。

這樣的亞特蘭提斯王子，他想讓誰記住他，誰就永不能忘記。

而不知不覺間，這個人卻已經音訊全無半年了。

「小奕，小奕！」

有奕巳回過神來，才發現克利斯蒂已經喊了自己好久。

「怎麼了，不舒服嗎？」他關心地問。

「沒事。」有奕巳搖了搖頭，「問到些什麼了？」

「這些倖存的女學生其實也不清楚多少事情。」克利斯蒂道，「她們只來得及躲入逃生艙，之後的事情就沒有印象了。而血薔薇代表隊的隊長，並沒有在逃生艙裡。具體情況，琰炙正在問。」

「妳們隊長命令妳們進入逃生艙之後，自己留在了指揮室。當時有沒有發現別的情況？」隔離室內，有琰炙正一板一眼地詢問著。

「沒有，隊長她，她說要為我們殿後……」一個女學生哭著道，「我們當時受到襲擊，根本來不及反應。」

「襲擊？」有琰炙挑眉，「看清襲擊妳們的人是誰了嗎？」

「他們的星艦沒有做標識，認不出來，但是……」有人道，「我看見中科大軍事學院的星艦，和他們在一起。」

「中科大的星艦？它與襲擊妳們的人是同伙嗎？那銀河飛行學院的星艦呢，沒有發現？」

「我、我不知道……對了，這其實是軍部安排對我們的考驗！隊長她沒有事，我們只是沒通過測驗對不對？」像是想起了什麼一樣，女生抓住有琰炙的手臂，急切道，「這只是模擬實戰而已！不是真的，對不對？」

有琰炙輕輕拉開她的手：「妳們好好休息。其他的事，等以後再說吧。」女孩的手僵在半空中，不一會，幾人掩面發出失控的哭泣聲，悲婉淒切。

有琰炙腳步頓了一下，走出隔離室。

砰，砰，砰。

他一出來，就看見有奕巳隔著一道玻璃牆，砰砰地捶著玻璃喊他。有琰炙無奈地勾了勾嘴角，走了過去。

「你來做什麼，我現在不能見你。」

聲音隔著玻璃，幾乎聽不見，有琰炙想了想，拿起通訊器，和有奕巳面對面地發起訊息。

「我來找你！把我也關進去進行隔離吧，說不定我身上也有輻射能量，別把我一個人丟在外面啊。」

看著很不甘心的有奕巳，有琰炙笑了笑，突然想起了什麼。

「你該做的不是這件事。現在血薔薇遇襲，另外兩所學院失蹤。我們該做準備了。」有琰炙發訊息道，「新人類聯盟的下次進攻，很可能就在最近。」

「確定是他們？不需要聯繫軍部嗎？」

「如果能聯繫得上的話。」

什麼意思？有奕巳轉身詢問一名士官：「與軍部的聯絡怎麼樣了？」

「還能保持……不，等等，聯絡不上了！」士兵焦急道，「跳躍之前還可以與軍部聯絡，現在我們的資訊已經發不出去了。」

果然，新人類聯盟這是準備甕中捉鱉嗎？切斷學生們的訊號，先來一個下馬威，然後在他們心生畏懼的時候，一舉擊潰。

可是，他們在哪一條空間航道行進是保密的，除非有人事前暗中聯繫外界，否則，外面的人根本不可能知道這些星艦會選擇哪個跳躍點進行星際跳躍。也就是說，有內奸透露了他們的跳躍點，才讓他們的座標暴露。

有奕巳失笑：「內奸遊戲中出了真正的內奸，這次是玩大了。」

「小奕。」有琰炙發訊息道,「他們的目標,不可能僅僅是我們這些學生。我們這邊,也許只是他們計畫的一部分。」

有奕巳的心下一跳,頓時有了不好的猜想。

軍部抽出大量人力物力準備軍校聯賽,對於有心人來說,正是他們行動的大好時機。

然而,事實卻比他們想像得更嚴重。

對於所有觀看軍校聯賽實況的觀眾來說,上一秒他們還看見七艘星艦聲勢浩大地行進在星空中,下一秒,實況的畫面突然變成一片黑白。緊接著,莫名其妙地文字浮現出來。

警告:

共和國的各位,你們的學生正在我們手中。如果不想他們出現意外,請嚴格按照我的要求去做。

一開始,很多人以為這是個玩笑,然而,當警告如同病毒一樣出現在星網各處時,不得不引起了人們的注意。

然而更令人意外的,是接下來的事件。

一艘無名艦隊襲擊了北辰星系的邊境,它像是猝然出現,抓住了北辰艦隊巡邏的間隙,猶如一根拔不掉的尖刺,插入北辰防衛系統中。正當軍部對此有所動作時,警告再次出現。

如果我們發現有任何星系派兵援助北辰，那麼七大學院學生的性命就無法得到保證。

像是為了驗證自己話語的真實性，這次與警告一起出現的還有一段影片。影片中，兩所參加聯賽的軍校的學生們，手無縛雞之力地被押解在一起。他們的性命，真的被掌握在這群身分不明的人手中。

這一次，沒有人再以為這是一個玩笑。而那支神祕艦隊對北辰星系的攻勢，也再次猛烈起來。然而軍部像是失聲了一樣，沒有對此任做出任何反應。

「上將閣下！軍部沒有回應我們的要求！」

「閣下，剛剛羅曼家族撤回了對我們的援助！」

作為北辰星系名譽上的最高軍事指揮，有王耀在第一時間就在指揮調度，然而得到的消息卻讓人心情越來越沉重。

「我就說吧。」坐在他對面的威斯康譏諷道，「這幫傢伙只準備看好戲，這下更不會出手了。你準備怎麼辦呢，閣下？」

「出兵。」有王耀冷冷道，「派第一和第二艦隊前去支援，第四艦隊巡迴防禦。」

「不可以，閣下！人質中還有各大家族的子嗣，這麼做，對方很可能會對我們的學生出手！」有人擔憂道。

「所以我們就要放任北辰的領土被人踐踏，放任我們的子民被人屠戮？」威斯康盯著他，「包法利委員，難道您認為幾百萬平民的生命，沒有幾十名軍校世家子弟的性命重要？」

「我沒有這麼認為，我只是提議行動再謹慎一些！否則學生們的性命就有危險了！」

「如果有危險，那也是他們應當承擔的風險。」威斯康說，「北辰軍校的學生，是作為守護人民的劍與盾被培養的。他們的榮譽與尊嚴，不允許犧牲無辜者的性命來保全自己。」

「你，你……如果出了什麼意外，那些家族不會放過你！」包法利看著他，惡狠狠道。

「那就讓他們來吧。」威斯康笑了笑，「上將閣下，我申請帶領第一艦隊前去迎敵。」

有王耀意外地看了他一眼。

「因為上次第三艦隊事件的牽連，有好幾位將領正被停職面臨內部調查吧，其中就包括第一艦隊的前總指揮官不是嗎？」威斯康說，「我曾經在軍中任職多年，現在這個情況下，沒有人比我更適合擔當迎敵指揮一職。」

「但是你已經卸任軍職，目前只擔任文職……」有王耀看著他。

「可是我心裡的劍卻從沒有卸下。」威斯康笑了笑，「何況萬一真的出了什麼事，上面責怪下來，阿克蘭家族的名聲至少還能替我抵擋一二。而你，上將閣下，比起我這個老頭子，現在的北辰更需要你。至少，在孩子們長大之前……」

有王耀的眸子閃了閃，沉默許久，接著突然開口道：「威斯康．阿克蘭。」

「在，閣下。」

老人挺直腰板，對上將行了個標準的軍禮。

「我現在命令你擔當第一艦隊的總指揮，全權負責此次迎擊。將敵人擊退，是你的使命！」

「遵命，閣下。」威斯康行禮，「誓不辱命。」

領完軍令後，艦隊的調動出擊就在即刻之間，威斯康必須立刻出發。在離開指揮室前，他路過有王耀身邊。

「威斯康老師。」上將低聲道，「請你平安回來。」

「好久沒聽見你喊我老師了。」威斯康頓了下，輕笑道，「真令人懷念。王耀，如果當年那件事能夠挽回，是不是就沒有今後這麼多誤會？我不想再後悔了。」

有王耀筆直地站著，目送著那個頭髮花白的身影越走越遠。

對於他們很多人來說，「當年」這個詞，是不能觸碰的禁忌。

有王耀第一次見到有銘齊的時候，那人還沒有啟明星這個稱號。

他記得最清楚的，是有銘齊的眼睛。黑色的、清澈的雙眸，像一泓溪水，輕易地流進你的心裡。當時，他正在與身邊的女孩微笑探討著什麼，那模樣不像是威名赫赫的「萬星」後裔，而更像是一個開朗的普通年輕人。

這是有王耀對於有銘齊的第一印象。

他微微低下頭，走了過去。

「有銘齊大人，來自偽星家族的後裔，冒昧向您致意。」

他以為自己會得到一聲嗤笑，或者被無視。而有銘齊也會像「萬星」七將的其他人一樣，鄙視他這個竊取了榮耀的偽族。

「偽星……啊，你是祖姑婆的後人！」一雙手撫上他的手臂，「這麼多年，一直讓你們為我們出頭，辛苦了，表哥。」

有王耀錯愕地抬起頭，望進一雙笑意盈盈的黑眸中，在那雙眼睛裡，他清晰地看見了自己的影像。

那是有王耀第一次見到啟明星，第一次明白「萬星」這個詞的意義。彷彿是夜色中的晨星，為所有熬過慢慢長夜的人點亮光芒，輕道一聲——必在黑夜之後相見。

那也是有王耀第一次覺得，自己擁有「有」這個姓氏，不必感到羞恥——因為那是他的任務，為了保護真正的「萬星」所背負的使命。

在不就之後，有銘齊便獲得了啟明星的稱號。他就像這個名字所寓意的那樣，獲得了越來越多的認可。無數年輕人追隨他，長輩們欣賞他，而他則承載著所有人的希望。

「晨星?我嗎?」

然而，有一次不經意提起這件事的時候，有銘齊自己卻笑了起來。

「說是星星的話，我頂多是流星吧。」

他身旁的女孩笑了起來：「喂，那不是掃把星嗎？」

「就是如此啊。跟著我的人總是很倒楣，妳不覺得嗎？」有銘齊對戀人笑了笑，「或許是因為我能力還不夠，也或許，是時機還不到。對於我這顆星星來說，所擁有的微弱光芒還遠遠不夠。」

為什麼要那樣說？有王耀不明白。在他看來，那時有銘齊氣勢如虹，正是最盛光的年華，然而他開朗的臉上，有時候會露出一絲憂鬱，黑色的雙眼也總是看向遠方。

「為什麼我無法掌握自己的命運呢？王耀。」

無法掌握命運的、被寄予厚望的星子。

有銘齊有「萬星」的血脈，卻沒有與腐朽的根基相抗衡的力量，他的出現對於貪婪權勢的部分人來說，太過礙眼。他一顆孤獨的星子，被人推到最黑暗、最沉默的深處，試圖要綻放出光芒，卻戛然而止。

像一顆真正的流星那樣，釋放了所有的光芒後，便墮入深淵。

他跌落得是那樣迅速，以至於很多仰望星辰的人都始料未及，世界便再次陷入昏暗。

「萬星」的光芒僅僅閃耀了那麼一次，就猝然熄滅。在那之後，有王耀接受了中央授予的軍銜，成為北辰上將。然而他心中，卻一直無法忘記那黑色的雙眸，和那曾經笑著說自己不過是一顆流星的人。

從回憶中回過神，有王耀舒展右手，看著掌心的紋路發呆。

「上將。」副官道，「威斯康．阿克蘭已經率領第一艦隊出擊……閣下？」

他等了等，沒有等到長官的反應，不由疑惑地抬起頭來，卻看見有王耀正對著窗外發呆出神。隔著一層微光，那濃稠的夜色，似乎要將世界吞噬。

「上將大人是在擔心少爺的安危嗎？」副官揣測道，畢竟有琰炙也在失去消息的學員名單內。

「琰炙？」有王耀側頭，「不，不，我只是……」

只是什麼？

因為威斯康的幾句話，又讓他回想起了當年嗎？當年他們這些迫不及待地將有銘齊推向最高處，同時也是將他推向死亡的人，是不是如今都在為此而後悔呢？所以，才想彌補。哪怕只有一點，為了這個多難的星系，貢獻出自己最後一分力量。

有王耀握緊手指，站起身：「下令讓第二、第四艦隊前往雷文要塞。」

「閣下？」副官有些吃驚。第二、第四艦隊，原本不是準備支援第一艦隊的嗎？為何又突然調去雷文要塞？這次被襲擊的，並不是雷文要塞啊。

「下令。」有王耀不容置疑道，「我要他們立即出發。」

「是。」副官領命退下。

在他身後，燈光照耀著有王耀陰晴不定的臉。他做出這個調動，同時意味著，威斯康率領的第一艦隊將獨自迎擊那深淺不知的敵人。然而，他想，威斯康是知道這一點才自薦的吧，他一定早已下定了決心。

因為他們，都無法忘記那顆曾經短暫閃耀過的流星。

「好像星星一樣啊。」有奕巳望著窗外的景色發呆，「你看，空間跳躍時所產生的亂流，它們的光芒像不像流星？」

「那只是失控的紊亂而已，是虛無失控的產物。」有人在他身旁說道。

有奕巳轉頭看向身邊的人：「怎麼，現在輪到你看守我了嗎，齊修？你們這樣隔一段時間，安排一個人過來，會讓我覺得自己像是在坐牢。」

齊修雙手抱拳，像是護衛一樣站在他身邊。

「如果你安分一點的話，就沒有人會看守你。」

「我知道現在情況很危險，但你們這樣會讓我覺得自己很沒用。」有奕巳嘆氣。

「你想做什麼，可以有人代勞。」齊修盯著他，「但如果失去了你，卻沒有人可以替代。」

「因為我的身分嗎？」有奕巳嘆了口氣，倒在身後的沙發上，「有時候，我真覺得這個血脈像是枷鎖，把我束縛在一個地方，哪裡都去不了。」

「那是……」

兩人的對話被一道通訊打斷。

「首席，中央軍校發來聯絡。」

「什麼內容？」

「他們聲稱，希望將血薔薇的學生接到擁有更好隔離措施的星艦上診治。同時，中央軍校提出各校應該考慮大局，共用情報，營救被俘軍校的學生，萬萬不能因個人利益而對整體行動造成困擾。」

這樣的措辭，幾乎是不容拒絕的。而共用情報，無非就是要有奕巳他們坦白所知道的一切。中央軍校的這一公告，幾乎是以命令的口吻在下令。

「另外，還附有文斯底軍校的聲明。」

這是兩校聯合，一起來對他施壓了。

有奕巳與齊修對視一眼，笑道：「消息傳得可真快，那麼，究竟是誰透露的呢？」

事實上，除了米菲羅．卡塔，幾乎沒有其他答案。這個吃裡扒外的傢伙，這次可是給他的主人立了一個大功。

「這幫人根本不知道發生了什麼事，還想著要搶功。恐怕他們只以為是遇到了一般的襲擊，軍部很快就會來支援吧。」齊修皺眉道。

「恐怕？我是不知道那些大少爺是怎麼想的，只是跟我要人，也得問我願不願意吧。」有奕巳站起身，伸了個懶腰。他走到舷窗前，一腳踩在欄杆上，摸索著下巴。

「下一次星際跳躍還要等多久？」他問。星際跳躍需要消耗巨大能量，儲蓄能量進行跳躍，需要緩衝時間。這也是為什麼在遇到襲擊時，星艦不能立刻施展跳躍逃脫的原因。

「兩個小時以內。」

「對方肯定也知道這點，兩個小時之內，新人類聯盟的艦隊必定會出現。」有奕巳凝眉思索，「那麼，接下來該怎麼做呢？」他像是突然想到什麼，「齊修，幫我聯絡諾蘭的人。」

有奕巳興奮道：「我要跟諾蘭軍校發布一個聯合通告！」

中央軍校星艦內，艾爾溫．哈默端起一杯紅茶，默默飲了一口。

在他對面，中央軍校的學生們齊聚一堂。

「通告已經發出去了。北辰那個小子會乖乖聽話嗎？」有人開口道。

「你擔心什麼呢，安得爾？現在這個局面，如果對方不合作的話，回去可是有理由被送上軍事法庭，他敢嗎？」

「姓蕭的那小子可是做了不少事啊。」

艾爾溫放下茶杯：「無論他們怎麼做，我們做好自己的準備就是了。安得爾，武器系統和防禦設備，都已經按照命令調整到最佳狀態了嗎？」

「是的，老大！可是，現在做這些幹什麼？是要和北辰打一仗嗎？」安得爾困惑道。

艾爾溫笑而不語：「有備無患。」

他剛將杯子放在茶几上，屬下便來報告，收到了北辰和諾蘭軍校發來的聯合通告。全息影像播放出來，黑髮少年站在畫面的正中央。

「致中央與文斯底軍校：

對於你們的建議，我方表示無法接受，並拒絕將倖存者移送到貴方星艦上。」

安得爾怒站起來：「他這是什麼意思，違抗命令嗎？」

黑髮少年不受影響，繼續說道：「同時，對於你們提出要搜尋中科大和銀河飛行學院的建議，我們也表示異議。根據我方收集到的情報，有理由懷疑兩所軍校已經叛變，參與了對血薔薇的襲擊。而同時，內奸還可能存在於在剩下的軍校之中。」

「這小子，現在還在玩什麼內奸遊戲?!」

「因此，從現在開始，我校將與諾蘭軍校聯盟，將剩餘兩所學校視作潛在的背叛者。」黑髮少年露出一絲莫名的笑意，「為了排除內奸，我們將對各艦上的人員一一訊問，驗證身分。請貴校和文斯底軍校考慮大局，忠誠合作，配合我們進行身分驗證，如若不然——槍炮可就不長眼了。」

影片到此就結束，然而，在場所有人都不敢相信自己的眼睛。

「哈默大人，不好了！」有屬下匆忙彙報，「前方監測到武器能量反應！北辰軍校與諾蘭軍校，用能量武器瞄準了我方星艦！」

「什麼？」安得爾倉惶道，「瘋子，這個瘋子！」

而此時，艾爾溫放在茶几上的杯盞還留有餘溫，杯中流淌的顏色與他的髮色一樣鮮紅。

他看著那流動的暗紅液體，微微笑了笑，像是一點也不驚訝。

「既然如此，反擊吧。」

「艾爾溫?!」

艾爾溫．哈默下令：「全艦開啟一級防禦裝置，以北辰軍校和諾蘭軍校為潛在敵人，準備作戰。」

昏暗的時空跳躍點，倖存的四所軍校將彼此視為敵人。

那就只是一瞬間的事。

文斯底軍校的星艦內，人們慌亂地跑來跑去。

「怎麼會突然就與北辰和諾蘭為敵了？」

「我們現在不是應該想著怎麼得救嗎？」

「是哈默大人的命令，沒有辦法……」

作為在七所軍校裡最不起眼的一所，文斯底代表隊的學生們幾乎是以艾爾溫．哈默的命令馬首是瞻，即便對此有困惑，也不敢不遵從。

「喂，你，還傻站在那裡幹嘛？」

文斯底代表隊隊長對站在角落的一名學生吼道：「還不快去準備！」

那名學生看了他一眼，微微點了頭，轉身離開。而在他離開後，隊長摸了摸自己的腦門，有些困惑道：「剛才那人？我們隊裡有這個學生嗎？」

不過很快地，他腦海中產生的困惑，就被一股強大的催眠力量給壓了下去。隊長無暇再想其他，忙碌地準備去了。

而另一邊，得到消息的這名「文斯底學生」，暗中將情報傳了出去。

對方的回覆也很迅速。

「提前實行計畫。」

那一刻，幾乎像是心有靈犀一般，有奕巳顫了顫耳朵。

「來了。」

「什麼來了？」

在他旁邊，北辰的學員和諾蘭的軍校生齊聚一堂，以他為中心坐成一圈。

「我有預感，魚上鉤了。」有奕巳勾起唇笑了笑，「接下來，只要收網就行。」

「你確定你的預感是準確的嗎？如果計畫失敗怎麼辦？」韓漣還是一貫地與他唱反調。

有奕巳搖了搖頭：「既然你這麼問，我就回答你。你知道，為什麼明明抓走了兩個軍校的學生，敵人到現在卻都沒有光明正大地出現在我們面前？」

「當然因為他們別有所圖，在籌畫別的事！」

「是嗎？若真是如此，一舉將我們全部擒獲不是更省事？拖延到現在還遲遲不出手，他們就不怕夜長夢多？」有奕巳笑道，「只怕是，這些人想出手卻也有心無力啊。」

諾蘭的文森特若有所思道：「你的意思是，敵人的武裝力量，其實並不足以對付我們四所軍校？」他想了想，越來越覺得有奕巳的話有道理。

前面三所軍校，包括血薔薇在內，都是本身實力並不強，但有某一方面專精的學校。對付這三所學校，只要趁其不備就可以了。但是接下來的四所軍校，有包括北辰、中央軍校以及諾蘭在內的強大戰力。對方如果實力不夠，確實不會輕易出手。可是這樣一來，等進行星際跳躍的能量儲存夠了，他們再次跳躍離開這個空間點，那些人不就徒勞無功了？

「他們在賭。」有奕巳說，「一賭我們不會輕易放棄被俘虜的學生；二賭我們沒有膽量主動找上門。這些不敢拋頭露面的傢伙，現在恐怕正躲在某個陰暗的角落。我們只有反守為攻，擊敗他們，恢復與外界的通訊，才能掌握主動。」

現在對方使用某種裝置，阻斷他們與外界的通訊，可能也是預謀的一環。

「可是，拖住我們兩個小時有什麼特殊意義嗎？」文森特問。

有奕巳沉思了會：「我不知道，正因此，我們才要更快離開。」

他有預感，新人類聯盟會極盡所能地利用這空白的兩個小時。而到時候等他們再出去，恐怕一切都晚了。

「沃倫。」有奕巳突然抬了抬手，「中央軍校的總代表是你的兄長吧，你覺得他是怎麼樣一個人？」

所有人齊齊看向坐在一角的沃倫，沃倫抓了抓自己火焰一般的頭髮，聳肩道：「他是一個很聰明，但是心眼很小的傢伙。」

「心眼小，就是睚眥必報嗎？」有奕巳笑了笑，「那麼，我有主意了。」

另一邊，因為艾爾溫·哈默的指令，中央軍校與文斯底軍校都處於戒備狀態。

「我不相信，那小子絕對只是虛張聲勢。他怎麼敢真的對我們下手？」安得爾尖聲道，「如果他敢，等我們逃了出去，他面臨的就是軍事法庭的指控，那傢伙──」

他話還沒說完，只感覺星艦一陣劇烈的顫動，茶几上的杯子都被震動得掉在地上。

「怎、怎麼回事？」

全艦亮起紅色的警報燈，安得爾剛剛扶住座椅站穩，就聽到有下屬對艾爾溫彙報。

「哈默大人，是來自北辰軍校的一輪炮擊！他們集中攻擊了我艦左側的防禦盾！」

「很好。」艾爾溫眯眼笑了笑，「既然這樣，打回去，不要留情。」

「是！」

艾爾溫用實際行動證明了他的小心眼。在主動發出一炮後，北辰軍校迎來的是兩記更猛烈的炮彈。幸好星艦內的人早有準備，除了損耗了防禦能量，並沒有別的損失。

攻擊打過來的時候，星艦晃動得厲害。有奕巳拚命抱著一個人站穩了，等震動平穩之後才發現，自己抱的人是韓漣，對方則是一臉菜色。

有奕巳：「啊，真是不好意思，我還說手感怎麼消瘦了，原來抱錯人了。」

「手感消瘦」的韓漣惱怒地瞪著他。

齊修過來把人扶起來。有奕巳捏了捏自己騎士健壯的肌肉，道：「作為一名守護學院的學生，起碼得是這樣的身材嘛。」

齊修見他這個時候還有心情戲弄別人，也不擔心了。

「還打嗎？」他問。

有奕巳道：「當然打！我們只給了一炮，他還我兩炮，快還擊回去，不然就吃虧了！」

其他人見他把一件大事說得如此舉重若輕，一時不知該如何是好。

韓漣恨鐵不成鋼地說道：「老大，你就跟著這個傢伙一起胡鬧？現在是看他們內鬨的時候嗎？我們不做點什麼嗎？」

「你說得對。」文森特點了點頭，對身邊的人吩咐，「命令我們的人，向文斯底發動攻擊。記住，第一炮不要直接擊中對方主艦。」

吩咐完，他回頭對韓漣道：「這種情況下，我們的確不能只是看著，要為盟友盡一分力。」

……不，我不是這個意思。老大，你這是把水攪得更混了啊！

隨著諾蘭軍校與文斯底軍校參與進來，四所軍校之間的攻防進行得更加猛烈。從遠處看來，炮火從未間斷，刺眼的光芒在宇宙空間內不斷閃爍，一點都不手下留情。

而隨著攻擊你來我往，氣勢被打了出來之後，乍一看，幾所軍校竟有同歸於盡的趨勢。

而這時候，幕後人終於坐不住了。一艘塗著星空偽裝的星艦，從隕石群後悠悠地晃了出來。幕後人猶豫著是否要出手阻止，否則他們手上的人質籌碼眼看就要減少了。

而就在這艘偽裝星艦駛出隕石群的瞬間，北辰軍校的領航員便捕捉到了它釋放出的位置資訊。

蛇出洞了！

有奕巳立刻下令：「座標×××，準備全力攻擊！」

同一時間，中央軍校注意到了他們的能量異動。

「哈莫大人！對方的星艦在凝聚所有武器能量，他們似乎準備進行最後一擊。」

艾爾溫聽罷，發出同一個命令：「全武器系統最大功率，準備攻擊！」

「攻擊北辰星艦嗎？」

「不。」艾爾溫莞爾一笑，「攻擊北辰攻擊的座標。」

一瞬間，前一刻還在相互攻擊的星艦齊齊掉轉砲臺。

幕後人做夢也沒想到，他只是剛剛露了一個馬腳，就遭到了如此猛烈的攻擊。在被擊中的前一刻，他終於明白，這是被引蛇出洞了，這些軍校的小傢伙是在演戲給他們看呢！

在四艘星艦的強烈攻勢下，這艘偽裝星艦很快失去防禦，破破爛爛地沒有還手之力。四艘軍校星艦將它團團圍住，只等待著最後一擊。

「去隕石帶搜查。」星艦內，有奕巳下令，「其他兩所學校被俘虜的學生，和阻礙我們與外界聯繫的干擾裝置，可能都藏在那裡。務必仔細搜查。」

「是！」

作為機甲小隊的領隊，衛瑛與容泫帶著人一齊出去了。有奕巳倒不是很擔心騎士的安危，他相信他們的能力。只是他心底隱隱有著不安，總覺得對方應該還有後手。

「小奕。」就在此時，從進屋以來就一直異常沉默的有琰炙，伸手拉住了他。

「琰炙師兄？」

「我……」有琰炙臉色蒼白，豆大的汗水從額上滴下。

「師兄！」有奕巳驚呼，這是發病了嗎？他正想去聯絡有琰炙的隨身醫護人員，卻被人用力拉住了衣角。

有琰炙似乎受到某種痛苦干擾，神智近乎迷亂，只沙啞著道：「小心，他過來了。」

他？

有奕巳正思考著他這句話的意思，就聽到身邊人齊齊驚呼。

「天啊，怎麼會！」

他循聲，穿透舷窗望去。那一刻，有奕巳以為自己回到了在瑪律斯星球的那一夜。

一隻龐大的銀色生物，遊蕩在漆黑的宇宙中。

是一隻鯨鯊。

第三十九章　飛龍在天（五）

CHIEF PROSECUTOR OF THE GALAXY

鯨鯊，以一己之力，足以摧毀一整個艦隊群的恐怖生物。

在這絕對的力量面前，人類是多麼地渺小不堪。這一刻，剛以為自己獲取了勝利的軍校生們，絕望地體會到這點。

然而，有奕巳幾乎是失神地看向那銀白色的美麗生物。鯨鯊，是慕梵嗎？是慕梵嗎？他忍不住要伸出手，卻被人半路攔了下來。

「不要去。」有琰炙強撐起身體，沙啞道，「他現在情況不正常。」

「你……」你怎麼會知道？

有奕巳的話在嘴裡還沒說出去，就看見那只鯨鯊向他們發動了攻擊，而與此同時，有琰炙像受到了更大的痛苦，半蹲在地上，整個背部都溼透了。

有奕巳一時無暇分身，不知道是該去應付鯨鯊的攻擊，還是照顧有琰炙。

「我來吧。」這時，齊修走過來幫他扶住有琰炙，「我照顧他，你去處理其他事情。」

「可是……」

齊修打斷他：「如果我們被鯨鯊攻破，沒有任何人可以逃生。」

短短一句話便打消了有奕巳的猶豫，他讓齊修照顧有琰炙，自己跑向指揮室。而這時候，克利斯蒂和其他人已經在那裡了。

「情況怎麼樣？」他問。

克利斯蒂回答他：「鯨鯊還沒有正面攻擊，否則我們四艘星艦，一擊都擋不下。」

顯示螢幕上，可以看到在星空裡示威一般漫游的鯨鯊，牠遊蕩在那艘被學生們攻擊的星艦附近，時不時散發出一些逸散的攻擊能量，但還沒有過大的舉動。

「這是威懾。」有奕巳道，「等著吧，對方一定會和我們交涉。」

果然，他話音落下沒幾秒，一道語音訊息就發了過來，只聽見一個低沉陰狠的聲音道：「我敬佩你們的勇氣和膽量，你們的計謀差點就成功了，小鬼們。但是下次行動之前，最好摸清你們對手的底牌！我很不開心，只能先給你們一個警告！」

右舷外突然傳來一陣劇烈的震動，刺眼的爆炸下，只見剛剛停在最右側的文斯底軍校的軍艦，被一道無形的力量腰斬成兩段。來不及逃跑的士兵們從損毀處飄落到宇宙空間，很快就因失重環境下引起的血管破裂死亡。

然而更可怖的，是這一次襲擊，人們根本沒看清鯨鯊是如何出手的。

看著那一具具飄浮在星空的屍體，所有人都沉默了下來。

對於包括有奕巳在內的大多數人來說，他們都沒有經歷過真正的戰鬥。如今，血淋淋的死亡被拋在面前，讓他們切實體會了一把現實的殘酷。

「準備營救倖存者。」有奕巳大聲命令。

「可是，對方——」

「放心吧。」有奕巳冷冷道，「他們給了我們一個下馬威，不會這麼快出手的。」

正如有奕巳所說的，志得意滿的幕後人很快再次發來了語音。

「這是給你們的警告。我耐心有限，本來你們的無禮行為，足以讓你們招來殺身之禍。但是我心情好，聽著，按照我說的做，你們還有一線生機。」說話的人頓了頓，不懷好意道，「只要你們交出偽星家族的天才有琰炙，乖乖在這個空間裡待滿兩個小時，我就把你們都放了。怎樣，這個交易不錯吧？

「你們有五分鐘的時間來回覆我，希望諸位不至於做出不理智的事情。」

語音到此告一段落，然而人們都並沒有因此而鬆一口氣。他們幾乎是不約而同地看向有奕巳，揣測著他會怎麼做。然而有奕巳面無表情的臉龐，讓人猜不出他的情緒，直到他們接到中央軍校發來的一條通訊。

「首席，中央軍校的人說……」

「要我們交出人，是嗎？」有奕巳頭也不回，就猜出了這條訊息的內容，他冷笑道，「我就知道，那幫傢伙不會說什麼好話。那你們呢，諾蘭隊長？你也認為為了保住大家的性命，讓我交出琰炙師兄，才是正確的嗎？」

文森特直視著他，淡淡道：「從理智上來說，這似乎是唯一的選擇。」

「隊長！」韓漣焦急。

「但是需要犧牲別人，才能讓自己苟延殘喘地活下來，不符合我的處事原則。」文森特繼續道，「而且現在對方武力占優勢，他隨時都可以撕毀承諾。雖然不知道他是出於什麼目的要求我們交出有琰炙，但是人在我們手上，至少還有一個籌碼。真的把他交出去，才是沒有退路了。」

有奕巳笑了：「你比中央軍校的那群人聰明多了。克利斯蒂師兄，就這麼回覆吧。

回覆給中央軍校，也回覆給對面的那傢伙，告訴他們我們不會交出琰炙師兄。然後切斷通訊，不用理睬任何人。」

好霸氣的做法。韓漣目瞪口呆地看著他，他幾乎可以想像到，在收到回覆後，那兩邊的人會是如何氣急跳腳的模樣。這時候，他倒有些佩服有奕巳的雷厲風行。

「唉，這樣一來我們就得命喪於此。」他嘆氣道，「我這輩子還沒活夠呢，還沒交過女朋友，沒出人頭地，沒送出我的第一……」

「誰跟你說我們要送命了？」有奕巳白了他一眼，「沒活夠的人多著呢，不缺你一個。」

「可是，那麼一大隻鯨鯊！」韓漣指著對面的銀色生物，「一擊就可以把我們撕碎！你倒是想一個辦法試試啊！」

「你……」

有奕巳卻不理睬他，轉身靜坐下來，竟然開始冥思起來。

克利斯蒂攔住他：「請先別打擾他。小奕在準備重要的事。」

「他能準備什麼事？睡覺嗎？這時候還睡得著？」

這時候，突然有人輕笑一聲。

「你們沒看出來？」沃倫笑著，指著對面那巨大的生物，「現在整個星際還剩下幾隻鯨鯊？慕梵不久前才失蹤，這裡恰好就有一隻，鯨鯊什麼時候多到滿地都是的地步了？」

「你是說這隻鯨鯊是慕梵，可這和他睡覺有什麼關係？」韓漣反問。

「關係可大了，你……」沃倫正要說下去，突然看見有奕巳睜開眼睛站了起來。

他頓時安靜下來，盯著有奕巳。而隨著他的沉默，其他人也同時轉移視線。

「有把握嗎？」克利斯蒂走上前問道。

有奕巳搖了搖頭，又點了點頭。

「我會盡力。」

緊接著，所有人便看見他走到星艦指揮室的最前端，有奕巳停下步伐，遙遙凝望著那隻鯨鯊，下一瞬間，他闔上雙眸。就那麼一刻，在場的所有人感到一股強大的精神力，如同奔騰的潮流掃過他們的精神世界。而直到這時候，所有人才明白有奕巳的舉動——他是在施展檢察官候補生的異能！

文森特詫異道：「克制？他竟然想要克制住鯨鯊的精神?!不，這不——」

「沒什麼不可能的。」沃倫道，「在學校裡的時候，他已經這麼做過一次了。」

他看向有奕巳，眼神複雜。

「如果他辦不到，就沒有人能做到。」

有奕巳的精神力穿過宇宙空間，如同觸手一般，進入那龐然大物的精神世界。

這一次輕車熟路，他對於這裡已經很習慣了。

慕梵，清醒一點慕梵。

不要被人控制，停止攻擊。

銀白色的鯨鯊晃了晃腦袋，足有星艦那麼大的眼睛，困惑地眨了眨。牠安靜了下來，不再躁動地游來游去。

有奕巳稍稍鬆了口氣，慕梵的精神世界，還是接納了他。

然而此時，收到有奕巳回覆的新人類聯盟執事變得憤怒。他惱火地命令鯨鯊毀掉北辰的星艦，卻發現那隻巨大的銀色怪物，竟然不聽使喚。

「怎麼回事？」執事握著一個類似感應器的物品，催促道，「我命令你攻擊他們！攻擊！」他不斷增加感應器的能量幅度，彷彿借此控制著鯨鯊。

鯨鯊因痛苦而顫動，巨大的頭部蹭過一旁的隕石碎片，瞬間就將其擊碎成碎片，而那雙剛恢復清明的眼睛，又變得通紅。牠似乎在兩種能量間掙扎困頓，眼看著就要暴走。

「唔嗯！」有奕巳呻吟一聲，跌倒在地，嘴角流出一絲血絲。

「小奕！」克利斯蒂擔憂地衝了上去，抱住他，「沒事吧，小奕？」

「我控制不了他。」有奕巳氣若游絲，「背後有一股力量在干擾，精神力也是人形時的數倍，我的精神力不夠……」

「師兄。」他抓住克利斯蒂的手腕，苦笑道，「是我太自大了，連累了你們。把我留在這裡，我還能拖延幾分鐘，你們先走吧！」

「混蛋！」克利斯蒂第一次罵出髒話，「你是讓我丟下自己的契約者，背棄信仰嗎？如果讓你為保護我而犧牲，我怎麼配做你的守護騎士！」

而比起他們，更加震驚的是旁邊的幾人。

文森特喃喃道：「竟然真的差點克制住鯨鯊。」隨即，他又苦笑，「如果你像有琰炙一樣有乾階的異能，我們大概真的可以得救，可惜……不過，臨死之前能見識到你這樣的人，也算是不白費人生了。」

有奕巳看向他：「你們又何必……」

文森特道：「拋棄同伴獨自活命，不是我的處事原則。而且理性分析，就算你幫我們拖延時間。一旦你支撐不下去，鯨鯊解決我們也只是眨眼間的事，獨自逃跑沒有價值。」

韓漣嗚咽：「可是隊長，我還不想死……」

文森特：「那你去中央軍校那邊，問問他們逃跑的時候願不願意帶你一程。」

韓漣：「……那我還是死了算了。」

看見屋內人的反應，有奕巳失笑，咳嗽幾聲。

「真是的，我怎麼盡是遇上一群奇怪的傢伙，竟然連命都不要。」他借著克利斯蒂的力量站起身來，「要是真的連累你們和我一起死去，我下輩子都不會安心的。」

克利斯蒂疑惑地喊他的名字：「小奕。」

「師兄。」有奕巳淡去嘴邊笑意，下定了某個決心。「我還想再試一試。」

克利斯蒂不理解他的話：「剛才的反噬已經讓你受傷了，你要怎麼繼續施展異能？」

有奕巳握住頸間的掛墜，藍色的寶石閃閃發光：「不，我還有一次機會。」

這是西里硫斯給他的項鍊，交付給自己的時候，那傢伙只說是一個試作品，並沒有說有什麼功效。但是現在，有奕巳可以感覺到一股能量從藍寶石裡流出來，正在一點點恢復自己受損的精神力。而除此以外，他還有最後一個保命法寶。

「那傢伙說得對，在不清楚自己敵人的底線之前，永遠不要以為自己穩操勝券。」

有奕巳對著眾人笑了笑，閉上眼睛。

他嘗試著再次進入鯨鯊的精神世界，而這一次，不僅是他一個人。

就在有奕巳閉眼的那一刻，某種微妙的變化發生了。

等人們注意到的時候，變化已經不知不覺間遍布整個空間。先是一顆、兩顆、三顆……緊接著，成千上萬，無數顆星星亮起了光芒，這並不是來自恆星反射的光芒，更像是某種從內部迸發出的能量。

「那是什麼……那是什麼！」韓漣撲在玻璃上，拚命向外看，「隊長你看，那個隕石群！」

只見原本黯淡的隕石群，像是被點亮的星子一般，瑩瑩閃爍著微光，而這光芒一閃一滅，似乎在於某人交相呼應。一種龐大的宇宙能量，從隕石群，從每一顆閃耀的星辰，從宇宙星海內湧入——這些光芒，全部集中一個人的身上。

有奕巳閉眼立於星海之前，全身充斥著能量，連髮絲都在微微發光。

彷彿在那一刻，他就是整個宇宙。

「『萬星』……」文森特踉蹌著退後一步，下一秒，又緊緊盯著有奕巳。

「竟然是他！」

同一時間，艾爾溫．哈默摔碎手中的杯盞。

「『萬星』。」他咬牙切齒地念出這個名詞。

時隔近二十年。

曾經凌駕於北辰的星空之子，又回到了這片星域。

暴露身分後會帶來什麼後果，以及周圍人會有怎樣的反應，有奕巳現在根本無暇顧及。「萬星」可以調用周圍星辰的力量，來強化自己，這是他最近才從有銘齊遺留下來的徽章裡瞭解到的，但是他從來沒有試過。

因此，有奕巳也沒想到，所謂「調用萬星的力量」，竟然是這麼一回事。

他彷彿身處一個時空回流中，目睹宇宙最初的爆炸，親歷黑洞的產生，看見無數顆星子誕生又滅亡，他走過星辰之海，看見一個個文明出現又消失，直到最後，他停在一顆蔚藍色的星球前。

——是地球。

有奕巳忍不住伸出手，想要觸碰那顆星球。

蔚藍的星辰彷彿和他有所呼應，綻放出淡淡的微光，然而卻在有奕巳觸碰到它的那一瞬，化為碎芒消失不見。

痛。

有奕巳愣了一下，一瞬間，他以為自己聽到的是星球的聲音。然而，他很快發現聲音真正的來源。

那是一隻鯨鯊，身體發出微弱的白芒，蜷縮在一個角落。

有奕巳伸手去撈起牠時，發現牠只有自己的巴掌那麼大。這個熟悉的體型，很快讓他笑了起來。

「果然是你。」

幼態體的鯨鯊在他手裡掙扎著，張嘴露出細密的尖牙就要咬下去。然而有奕巳早有防備，伸出兩隻手，卡住小鯨鯊的上下顎，讓牠用不了力。脆弱的地方被人制住，小鯨鯊惱怒地發出嘶嘶聲，最後發現奈何不了這個傢伙，竟然委屈地紅了眼眶。

這讓有奕巳覺得自己是在欺負一個小孩子，有些內疚。

「喂喂，慕梵。」他叫道，「你醒醒，你記得我是誰嗎？」

壞人，要攻擊壞人……

小鯨鯊眼睛通紅，根本聽不進他的話。

有奕巳試了幾次，無奈發現小傢伙饅頭一樣大的腦袋裡，根本無法理解他的話。而隱約間，他看見慕梵眼底那抹不正常的紅光，這光芒和他在卯星失控的那一次，是如此相像。那是什麼？有奕巳想，慕梵被人控制，是不是因為腦袋裡被人做了手腳？

他咬了咬牙，決定冒著風險，進入鯨鯊最深層的精神世界。只有在那裡，他才能查清慕梵究竟被什麼控制了。幾乎是這個念頭剛冒出來，有奕巳就覺得腳下一滑，身體向下墜落。

再睜眼時，他竟然出現在一座華麗的庭院內。庭院裡花團錦簇，芳草碧綠，精緻的迴廊首尾相連，卻不像他見過的任何一個地方。

有奕巳迷惘地打量著四周，不知道這究竟是哪裡。

「你是誰？」

就在此時，一個帶著戒備的稚嫩聲音從他身後傳來。有奕巳轉過身去，看見一個穿著華麗衣袍，短手短腳的小男孩，正瞪著眼睛看著自己。男孩容貌精緻，銀色長髮柔順地落在肩頭，讓他看起來更像是一個小女孩。

有奕巳愣愣張口：「慕梵？」

小男孩怒道：「無禮之人，竟敢直呼我的名字。我要讓侍衛把你拿下！」

這副習慣了傲慢地發號施令的模樣，果然就是那個傢伙。

「等等！」雖然不知道現在處在什麼環境，有奕巳本能覺得不能引來其他人，他走上前捂住男孩的嘴，「你別喊人，否則我……」他想了想，「我就把你耳朵的事告訴別人。」他掀起小男孩的長髮，果然看到一雙尖尖的小耳朵。

小慕梵顫了顫，捂住自己的耳朵，瞪他：「你為什麼知道我耳朵的事！」

有奕巳咧嘴一笑：「因為我無所不知。」

「騙人！無所不知的只有海神，你明明是個人類！」

看見小慕梵生氣時變得通紅的耳尖，有奕巳忍不住伸出手去揉了揉：「誰告訴你人類就不能無所不知了？我不僅知道你是亞特蘭提斯二王子，還知道你有個兄長叫慕焱，他很疼愛你，你也很崇拜他。我更知道，你以後會離開帝國，前往人類的國度……」

這時的慕梵畢竟還年幼，聽他說了幾句，竟慢慢放下戒備。他一邊聽有奕巳說著以後會發生的事，眼裡閃過屬於孩子的天真與好奇，但是在聽到自己會離開帝國時，慕梵眼睛暗了暗。

「你果然是個騙子，我根本不可能離開王宮，更別說離開帝國了。」

有奕巳一愣：「為什麼？」

「你是真的不知道還是假的不知道?!」慕梵惱怒地瞪著他，「你都看見我的耳朵了，你以為我長成這副奇怪的模樣，以後還能出去拋頭露面嗎？」

「耳朵……」有奕巳看著他的小尖耳，「很漂亮啊，像精靈一樣。」

他情不自禁地又伸手摸了一下，這一次，慕梵的臉都紅透了。可是他像是想起什麼，臉色很快陰沉下來。

有奕巳心道，這情緒多變、陰晴不定的習慣，果然也是從小就養成的。

「才不漂亮！這是畸形！父親、母親、叔叔還有兄長，都沒有這樣的耳朵。其他人……他們說我要不是父親和人類生下的野種，就是基因突變的怪物。知道我祕密的人都討厭我，甚至——」小慕梵垂下頭，看著自己的腳尖，「喂，你知道我這麼多事，也是來刺殺我的嗎？」

「有人刺殺你？」有奕巳心底微微刺痛，他想起之前伊爾曾經說過，在慕梵年幼時，曾經遭遇過幾次刺殺，在那時就留下了後遺症。

後遺症?!後遺症！

他突然想到什麼，伸出手，抓住男孩的肩膀搖晃。「之前有人襲擊你了？他們傷了你哪裡？有沒有留下什麼痕跡？」

慕梵被他晃得頭暈，「沒有，只是腦袋疼。」他撇了撇嘴，「我才沒受傷呢。要不是哥哥不允許，就憑那些刺客，我只要變成原形，一下子就可以解決他們了。」

原來鯨鯊的暴力觀念也是從小形成的，有奕巳感到十分無語。

「但是，他們還是留下痕跡了，對不對？你會頭痛，也是從那時候開始的嗎？」

他覺得自己似乎抓住了某個線索。

鯨鯊如此強大，慕梵的意志力更是堅不可摧，怎麼會那麼容易就被人操控？現在想起來，之前在卯星測試的時候，慕梵也曾莫名其妙地能力失控過。仔細想想，當時除了磁場環境影響外，是不是也有別的因素干擾？比如，很早以前，有人在慕梵腦中留下某種不穩定的暗示，只待時機一到，就可以激發。

有奕巳越想，越覺得事情有可能真的是如此。思及新人類聯盟可怕的滲透能力，這種從慕梵年幼時就開始的布局也不是不可能發生。

他問慕梵：「那些刺客有什麼特殊的地方，你還記得嗎？他們對你做了什麼？」

「他們讓我時不時頭疼，會變得想要發脾氣。」小慕梵道，「你可以幫我治好嗎？」

有奕巳輕聲道：「如果你願意讓我看的話，我可以嘗試一下。」

他盯著那雙黑色的眼睛，這一次不再用和孩童交談的口氣，而彷彿是在和真正的慕梵談話。

「你相信我嗎，慕梵？」

慕梵望著他，半晌，點了點頭。

有奕巳笑了：「為什麼信任我？」

小慕梵回答：「不知道，也許只因為是你。可奇怪的是，我連你是誰都不知道。」

「你很快就會想起來了。」有奕巳輕輕說著，抓過他的手，讓彼此額頭相貼。

放鬆，讓我找到那個東西，讓我找到它。

——那個在慕梵的精神裡，留下潛藏危機的東西。

鯨鯊的大腦就像一片蔚藍的海洋，乾淨透澈，這讓有奕巳很快就找到了異物。那是一個紅色的不明物體，十分具有侵略性，正對外散發著血色支流，侵蝕著這個蔚藍的空間。

他發現這紅色的不明物質，一旦觸碰到自己的精神力，就會發出嘶嘶的聲音，退縮顫抖。看來，自己的精神力正是它的剋星。有奕巳嘗試用精神力包裹住它，將這個東西慢慢清除。

一點一點，他將暗紅物質從慕梵的精神世界清除，也許，等到它全部消失的時候，就是慕梵恢復清醒的時候。然而，事情並沒有想像中的那麼順利。暗紅物質不斷垂死掙扎，顯然不想那麼快被消滅。

梵，慕梵。

閉著眼的慕梵輕輕顫抖了一下。

到哥哥這來，慕梵。

離開那個人類。

一個高挑的身影，慢慢浮現在兩人之間。

那是個危險的傢伙，是殺死我的罪魁禍首，你忘記了嗎？慕梵。

慕梵倏地睜開眼睛，推開了有奕巳。他的臉龐變得扭曲，一會像是小孩，一會又恢復成成人。

花園裡的草木顫抖起來，這個空間似乎正在崩潰。

「是你，殺了哥哥的『萬星』。」慕梵指尖冒出尖銳的指甲，劃破有奕巳的皮膚。

「慕梵！那不是你兄長，不要被干擾了！」有奕巳著急道，「你清醒一點！」

被劃破的皮膚流出鮮血，滴在慕梵的指尖，他伸出舌頭舔了舔，眼中閃過一絲異樣。

「清醒？」

一個聲音輕笑，那突然出現的人影浮現在慕梵身後，緩緩彎下腰，將困頓掙扎的鯨鯊圈在懷裡，他抬起頭來，看向有奕巳。

「當年，難道不是你們殺了我嗎？」

在看清對方面容的一剎那，有奕巳瞳孔緊縮，彷彿看到了什麼不可置信的事物。

「是你——」

當他正要喊出對方的名字，然而下一秒，整個精神世界分崩離析，崩塌碎裂。

有奕巳瞬間摔進無底的深淵之中。

「慕梵！」

他掙扎著想要抓住上面的人影，然而再睜眼時，卻聽到身邊一陣陣驚呼。

他回到了現實世界。

「小奕，小奕！」很多人圍在他身邊，有奕巳卻覺得意識模糊，有些分不清現實與虛擬。一些熟悉的面孔圍在他周圍，他們臉上都是擔心焦慮的表情。

「我，咳，咳咳！」他低下頭，這才發現，自己竟然吐了一身的鮮血。而他一張口，就有更多的血流了出來，簡直像是攪碎了五臟六腑。

「你剛使用能力，沒壓制住慕梵，反噬更嚴重了。」

文森特跪在他身前：「你之前從沒試過調用萬星，對不對？你還沒掌握它。」

有奕巳張張嘴，想說些什麼，卻驀然睜大雙眼。

他看到了慕梵。

變成人形的慕梵，正隔著星艦的窗舷，冷冷地看著他。

事後，有奕巳幾乎想不起來，那時究竟發生了什麼。

他因為失血過多，意識模糊，在看到如鬼魅一般出現在窗舷前的慕梵時，甚至以為自己是在做夢。

然而，事實很快提醒了他，這一切並不如夢那般美好。

「是慕梵！」

第二個發現鯨鯊的人是克利斯蒂，當時他和文森特離有奕巳最近。然而即便如此，他們也沒能阻止那個恐怖的怪物，從他們手裡搶走有奕巳。

從艦內到艦外，不到一秒鐘的時間。等有奕巳發現自己毫無防備地暴露在太空環境時，從內至外的壓力，幾乎要讓他整個人爆炸為一灘血肉。血絲從他皮膚表面的每一根血管內流了出來。他張開嘴，卻發現僅僅是這麼一個簡單的舉動，就耗盡了他所有的力氣。

有奕巳聽不見身後的人憤怒的喊聲，也不知道被打破窗舷後其他人會怎麼樣。他只能看到一張臉，看到慕梵那近在咫尺的面容。

慕梵很不正常，他躲開幾道異能攻擊，近乎偏執地打量著有奕巳。深色的眼珠沒有光彩，像是一顆玻璃球，僵硬地轉動。他似乎注意到有奕巳的身體狀況，頓了頓，隨手幫他附上了一層能量罩。這層能量罩及時救了有奕巳的命，人體生存需要的壓力和氧氣，隨之進入他的體內。

好吧，有奕巳對自己說道。雖然慕梵現在還是不正常，但至少沒讓他在真空環境活活憋死。

他剛這麼想時，慕梵就張開血盆大口，狠狠咬在了他的脖子上。

我靠！有奕巳氣得想罵人，卻只能徒勞無力地任由對方吸食自己的血液。

我要死了，我要死了！他想，我做鬼也不會放過這隻蠢鯨鯊！

大量的失血，很快讓有奕巳昏迷過去。然而之後的事情，卻沒有因為他的昏迷而停止。

最先向慕梵發起攻擊的，是中央軍校的星艦。

在鯨鯊變成人形之後，他們是第一個抓住機會下手的。

「他們瘋了嗎?!」從指揮室退了出來，韓漣道，「北辰的首席，蕭——」他一時不知該怎麼稱呼有奕巳了，「那個傢伙還在鯨鯊手裡，他們竟然用能量炮直接攻擊？」

「他們沒瘋，鯨鯊變成人形時是最脆弱的。」沃倫說，「只有這個時候，他們才有機會解決牠，順便連我們的首席一起解決了。」

對於這種狀況，北辰幾乎是無力指謫的。他們目前的情況很糟糕，指揮室的外牆被慕梵打破，氣壓環境失控，所有人都撤離了出來。此時，去隕石帶救人的衛瑛和容泫等人還沒回來，武裝力量正處於最弱的狀態。

克利斯蒂還能勉強保持冷靜地下命令：「通知容泫和衛瑛放棄營救計畫，改變目標，帶領機甲小隊攻擊中央軍校的星艦。如果不能阻止他們攻擊小奕和慕梵，至少要騷擾他們無暇全力攻擊。」

文森特道：「我也去幫忙。」

然而，他們的行動並不如預計一般順利。中央軍校之前保留了實力，他們的艦載攻擊武器和機甲小隊，完全能游刃有餘地應對北辰軍校的騷擾，還能分出時間一次比一次更猛烈地攻擊慕梵和有奕巳。

局面危急，在北辰星艦上的幾個人，提心吊膽地看著慕梵擋下一次又一次的攻擊。此時，他們反而比任何人都還要擔心這隻鯨鯊的安危，因為有奕巳還在他的手上。

情況正在變得更加糟糕，文森特皺起眉，思考是不是該冒著被送上軍事法庭的危險，讓諾蘭軍校的人直接用重炮擊毀中央軍校的星艦。

而就在此時——

「克利斯蒂師兄！」

一直在保健室照顧有琰炙的伊索爾德跑了過來。

「有琰炙師兄他，他……」

「他怎麼了？」克利斯蒂皺眉，就看見在伊索爾德身後，齊修正扶著有琰炙一步一步走了進來。這位天之驕子，現在的情況簡直比慕梵那邊還要糟糕。他蒼白的皮膚幾乎透明，汗水如豆般滴落，額角青筋暴起，可見正在忍受著極大的痛苦。

沒有任何人見過這位史上最年輕的天才，露出過這般狼狽的模樣。

然而，有琰炙卻無暇顧及自己。

「離開這裡——」他沙啞著出聲，「命令機動部門，調動全部能量，向反方向全速前進，離開這裡！立刻準備空間跳躍！」

「你說什麼！」克利斯蒂錯愕地看向他，「小奕還在那裡啊，你讓我們拋下他？」

「再不離開，就沒有時間了。」有琰炙喘息幾聲，「這裡會變得很危險……小奕他不會有事的。」

「不會有事？你拿什麼來證明！」克利斯蒂狐疑地看著他，「不給我一個合理的解釋，就讓我丟下自己的契約者，我做不到。有琰炙，你是不是早就知道小奕的身分，你究竟還知道些什麼？」

有琰炙厲聲打斷他：「克利斯蒂．阿克蘭！」

「現在不是與你解釋的時候！」他淺色的眸子充滿著血絲，「首席不在，作為騎士長，我是這裡的最高負責人。服從我的命令，副騎士長！」他突然拿起克利斯蒂的通訊器，將命令吩咐給機動組的負責人。

「照我說的做！最高航速離開！立刻！」

就在機動組戰戰兢兢按照有琰炙的命令行動時，人們在倉皇間發現，不知什麼時候，外面那些刺目的炮火光芒已經不見了。

不僅如此，聲音、光線，甚至是周圍的一切能量，都彷佛在漸漸消失。

有人驚慌地回頭，卻看到慕梵原本佇立的宇宙空間，撕裂開一個恐怖的裂口——一個不祥黑色的漩渦正在形成，一點一點吞噬著它周圍的一切。而在漩渦的最中央，慕梵與有奕巳兩人，也正被慢慢吞噬進去。

「黑洞……」克利斯蒂喃喃道。

有琰炙的聲音，已經傳不進他的耳中。他只能眼睜睜地看著慕梵帶著有奕巳，一起消失在那巨大的漩渦之中，直到再也看不見他們的身影。那一刻，他突然想起不久之前，有奕巳對他說過的話。

「師兄，如果有一天你發現我瞞著你一件很重要的事，你會生氣嗎？」

你瞞著我什麼？你的身分嗎？還是你背負的責任和壓力？

我生氣什麼？怪你沒有第一時間告訴我真相？還是氣你付出一切，為我們換得逃生的機會？

當日對他忐忑說出這句話的人，如今已經不見了。

克利斯蒂怒目圓瞪，眼睛幾乎瞪出血來，他無法出聲，卻在心裡嘶吼。

慕梵！

這個名字讓他恨到了極點。

那一刻，不僅是他。親眼目睹有奕巳消失在黑洞中的每一名守護騎士，心裡都是同樣的憤怒絕望。

有琰炙低下頭，困惑地將手放在心口。

為什麼？他竟然覺得這一幕，是如此的熟悉。

事後，有奕巳回想起來，覺得自己當時昏迷過去，真是一件幸事。至少他不用親眼目睹，那個恐怖的黑洞裡究竟是什麼模樣。

而等他再次醒過來的時候，感覺到臉上被人用溼潤的毛巾擦拭著，有人托起他的頭，試圖餵給他一些水。有奕巳飢渴地吞嚥著，感覺到近乎乾枯的生命再一次得到了滋潤。

「啊，你醒了！」一個驚喜的聲音響起，接著就是一陣小跑步聲。

「媽媽，媽媽，那個昏迷的哥哥醒了！」

是一個女孩的聲音，有奕巳想，自己是被別人救了嗎？其他人怎麼樣了？師兄他們呢？艦隊上的士兵呢？他們都得救了嗎？還是……

還有，慕梵呢？

他突然感覺到脖子邊一陣微癢，隨即便是熟悉的刺痛感。那牙齒咬在他皮膚上的觸感，他已經再熟悉不過了。

很好。

有奕巳想，自己不用操心那隻燈泡了。這隻蠢鯨鯊既然還能咬人，至少證明他不像自己一樣不能動彈。

「哎呀，你壓到他了。」一個中年女人的聲音傳到近處。有奕巳聽到腳步聲，知道她走了進來，似乎是在對有奕巳身邊的人說話。

「他失血過多，剛醒過來。你再擔心也不能靠得太近，他現在很脆弱。」

擔心我？誰？慕梵？

有奕巳現在能動的話，肯定會翻一個大大的白眼，然後告訴這位好心的太太，這隻冷血無情的鯨鯊才不會擔心自己呢。自己失血過多，一大部分的功勞都在這傢伙身上！

「你有意識嗎？孩子，能聽見我說話嗎？」大嬸在有奕巳耳邊說，「你現在還不能進食，聽見我說話的話，先把這些藥汁喝了。很苦，你要忍著。」

有奕巳乖乖喝下了藥汁，然後被告知，自己因為失血過多，最起碼要一週才能恢復行動能力。有奕巳聽了卻是鬆了一口氣，還能恢復就好，至少他不用變成殘廢。

大嬸似乎知道有奕巳聽得見，在一旁嘮叨著。

「其實你躺了快半個月了。這期間，都是你的朋友在照顧你。幫你擦身，餵藥，處理生理需求。這些事情，就算是夫妻之間都不可能做得這麼周到。你朋友卻從來沒有怨言，你們感情真好呢。」

聽到前半句有奕巳還能保持鎮靜，後半句卻讓他癱瘓的身體更加僵硬了幾分。處理……什麼東西？他還沒來得及細想，大嬸已經又說了下去。

「就是有點可惜。你這個朋友不會說話，也不懂我們這裡的文字，不然我還能問問你們家人的聯絡方式。」

不會說話？誰不會說話？

有奕巳頓住。

慕梵，啞了？

慕梵不僅啞了，還傻了。

這是一週之後，有奕巳能起床行動後，才發現的事情。

這隻人高馬大的鯨鯊，僅僅保持了最基本的常識，勉強能與人溝通。但是，他一不能說話，二似乎有些魔障，看起來真的像個傻子一般。

「這麼說起來，他原本是能說話，也不傻的？」救了有奕巳的蘭大嬸說道，「可能是你們飛船出意外時撞到了腦袋，就不記得一些事情了，以後興許會想起來。這種事也不少見，來，先把今天的藥喝了。」

有奕巳笑一笑，接過大嬸遞來的藥碗。

他們，不，他現在對外的說法是，自己外出遊歷，遇上飛船失事，正好迫降到這顆星球上，被蘭大嬸母女撿到。這對母女心思單純，為人純樸，竟然也沒有多想，就接受了他的說辭。

「說起來，這幾天打擾嬸嬸太久。我和我的朋友還是盡快離開比較好，不能再給妳們增加麻煩了。」

有奕巳放下藥碗。

無論是從哪個角度來考慮，他都不打算繼續打擾這對母女。

「別這麼說，我只是用了一些普通的草藥，家裡多幾個人吃飯也不是什麼麻煩。」蘭嬸道，「只是，你是要離開這裡去別的星球？我記得，你遇難時，身上好像沒有身分牌。」

有奕巳頓了頓，掩飾般說道：「身分牌的確是遺失了，不過一般臨近居住星球之間的往來，也不一定需要檢查身分牌吧？」

「以往是那樣，小地方查得不嚴，有沒有身分牌確實沒什麼關係，但是現在不一樣了。」蘭嬸壓低了聲音，道：「你不知道，就在你昏睡的這半個月，發生了不少大事呢。」

有奕巳不動聲色地問：「還麻煩嬸嬸說一下了。」

說起八卦，那就是中年婦女的本職工作，蘭嬸眉飛色舞地跟有奕巳說了一堆，口水都快說乾了，最後才說道：「先是軍校的學生們被劫持，然後是莫名其妙的黑洞吞人！大事一件接著一件，不過，要我說，這都不是什麼了不起的大事。真正的大事才嚇人呢！聽說北辰防線失守了。」

匡啷一聲，杯盞掉落在地碎裂成片。

有奕巳難掩驚慌，道：「北辰失守？哪裡，哪支艦隊？軍部就沒有派人去支援嗎？」

他著急起來時，雙眸黝黑發亮，竟然好似燃燒的暗焱。蘭嬸被他嚇了一跳，忍不住退後半步。

「這、這我也不知道啊，我只是聽說了一些。」

有奕巳露出失望的表情，不過也是，蘭嬸不過是一個普通人，哪裡會知道詳情。

北辰失守。是帝國進攻邊境？還是軍部的陰謀？不，不該在這個時候。那麼，總不至於是一般星盜之流，那種貨色北辰艦隊從來不放在眼裡。而有能力有目的做這件事的，那就只有——

彷彿福至心靈一般，很多事情在有奕巳腦中串了起來。原來是這樣，原來是這樣！他還在想新人類聯盟那些人，為什麼要無緣無故對軍校生下手。原來他們是聲東擊西，真正的目標是北辰。

一想到還留在北辰的親友師長，有奕巳心裡就十分著急。

不行，我一定要知道究竟是怎麼回事！

他心裡想著，顧不上身上還未好的傷，踉蹌著就要往門口走去。蘭嬌在後面叫喊，有奕巳根本聽不進去，眼看著一隻腳就要踏出大門時，卻被人一把握住手腕，死死扣住。

有奕巳一個踉蹌，被人扶住，抬頭，望入一雙熟悉的眼眸裡。

這雙眼裡不再有沉著和算計，只有一股要將人溺斃的執念。他緊緊盯著有奕巳，似乎要用眼神把他釘在原地。

去哪？

有奕巳愣了一下。

去哪？

他過了幾秒才意識到，眼前的人沒有開口，而是直接在意識裡和他說話。

「慕梵？」他張口，「你想起來了？」

這幾天，他與慕梵相處時對方一直沉默無言，問起往事也只是搖頭，卻沒想到此時突然「說話」了。

有奕巳一說話，鯨鯊身上那股暴躁的意念瞬間平息了下去。慕梵蹙眉，如刀削過的銀髮剛過耳際，遮住他引人注目的耳尖，髮梢落在眼前，卻擋不住他看向有奕巳的眼神。

去哪？

沒有得到有奕巳的回答，慕梵又暴躁起來，眼底泛上點點紅絲。

糟了，有奕巳意識到這人又要爆發了。說起來，自從慕梵啞了，失憶了以後，就把有奕巳看得緊緊的，一旦看不到人，這傢伙就要發瘋。

有奕巳猜測，這可能和自己曾經潛入過對方的精神世界有關。雖然沒有徹底鏟除那個暗紅毒瘤，但是有奕巳的精神力對於慕梵來說，就相當於解藥。這使得慕梵僅僅出於鯨鯊趨利避害的本能，就下意識地想要親近他。

「我要離開，你會跟我一起走嗎？」他反客為主，握住慕梵的手，「不，請務必跟我一起走，我現在很需要你。」

他身負重傷，又手無縛雞之力，要是真的一個人行動，有太多不方便。正好慕梵現在只聽他的話，不好好利用一下怎麼能「回報」對方以往的「厚待」呢？

這麼想著，有奕巳更是目光真摯地看向慕梵。

也不知道現在的慕梵能不能聽懂他的這番話，總之，得到回覆的鯨鯊變得安靜了許多。他鬆開有奕巳的手，想了想，又握在手心。

有奕巳愣了一下。

不走嗎？慕梵站在門口，用眼神問他。

有奕巳看了看自己牽著慕梵的手，又看著等在門口的人，頓時有種要牽著大型犬出去散步的感覺。

他無奈苦笑了一下。

「稍等。蘭嬸，這幾日麻煩妳照顧了。」有奕巳對蘭嬸恭恭敬敬行了個禮，「我們現在要離開，不會再回來了。若是……若是之後有人來找妳，問到我們的事，妳就說是被我們挾持的，將責任推在我身上就好。」

他不想讓這對無辜的母女日後遭到多方勢力的騷擾。

蘭嬸還在恍神中，聞言，清醒了幾分。

「你、你現在就要走了？可是你的傷還沒好啊。」

「傷口無事，或者說，現在疼痛的已經不是那部分了。」有奕巳按了按心口，想起自己聽到北辰失守時的心情，苦笑一聲，告別了照顧他多日的蘭嬸。

直到那兩人身形逐漸走遠，蘭嬸才猛地一拍大腿：「哎，我竟然忘了告訴他那件事！我這個傻瓜！我怎麼會忘了呢？」

然而等她再追出門時，哪裡還有那兩人的蹤影。

蘭嬸苦笑道：「哎呀，這下可糟了。他這樣出去，會多引人注目啊。」

久尋無果，蘭嬸只能回到屋裡，而在她屋內的破舊星腦上，卻循環播放著一條今日速報。

尋人，有線索者，必有重酬。

下面配著的，正是有奕巳和慕梵的照片。

與尋人啟事一同發出的則是一條轟動諸國，以光速在整個星系傳播的消息。有奕巳一時不察，之後差點給自己惹來了大麻煩。他渾然不知，外界已然因為他亂成了一團。

「萬星」再現，光輝日隕！

北辰軍校天才的身分曝光，竟是啟明星之子！

苦心造詣十數載，一朝揭破為哪般——北辰首席真實身分驚掉眾人眼鏡！

姓蕭還是姓有？北辰軍校幫助學生隱蔽身分，所圖為何？

各路媒體，心懷叵測之人，紛紛將消息洩漏出去，越傳越廣。

等知情人反應過來時，事情已然發酵，有奕巳的身分徹底地紙包不住火了。而發出尋人啟事找人，也是各方權力鬥爭了半個月的結果。

當日，從慕梵引發的黑洞中僥倖逃出來的人不少，必定有人洩漏了口風。而「萬星」引起的異象，哪怕是遠在萬里，軍部也可以勘測到。畢竟萬星齊放的光輝，曾一度是北辰無往而不利的利劍。

一時之間，繼有銘齊之後，真正的「萬星」血統再次出現。這消息讓共和國的八卦愛好者們，忘記之前所有的不快，再度達到一次集體高潮。尤其這次，有奕巳還背負著解救衛止江、法庭駁倒軍部、論文一敗群雄等諸多榮耀。他身上的光環，比起當年的有銘齊只多不少。

中央星系的人還有八卦的閒心，而北辰的子民們卻是連笑都笑不出來。有奕巳身分剛暴露人就不見了，顯然處境危險，實在是令人心懷憂慮。

有奕巳和慕梵一同消失。無論是北辰，還是中央或帝國，都在加派人手找尋他們。除了官方人手外，各方勢力對這位新出爐的「萬星」都懷著無比的好奇心。想要將有奕巳占為己用的人，更是數不勝數。

然而，等有奕巳意識到這件事，他差點就被人打暈塞進走私船。

「饒了我們，饒了我們！別打了！」

圖謀不軌的幾人抱頭縮在一起，哀聲求饒，而落在他們身上的拳腳卻是絲毫不留情。

有奕巳在一旁看著，說道：「行了，停手。」

慕梵回頭看了他一眼，眼神表達不滿。

要打。抓你。

有奕巳失笑，「你把人打死了，我不就不知道他們為什麼要抓我了嗎？」他走到地上的一人面前，蹲下身來，「什麼時候跟蹤我的，為什麼要對我下手？」

此時，他離開蘭嬸家還沒多遠就被人盯上了，這讓有奕巳覺得很困惑。

那人哀號求饒：「我們只是奉命行事，您、大人您饒我們一命，我們什麼都不知道啊！」

有奕巳眼神閃了閃：「你稱呼我什麼？」

十分鐘後，終於得到消息，發現自己的大頭照已經傳遍星網的有奕巳，終於體會了一把當明星的感覺。

他讀著尋人資訊裡的內容：

尋找萬星末裔——有奕巳；尋帝國二王子——慕梵。有線索者……

第一次，不知道是緊張還是鬆了口氣，看著自己真正的姓名血脈被公之於眾，有奕巳突然有一種如釋重負的感覺。

「我是萬星，萬星卻不只是我。」

他看著疑惑地望過來的慕梵，輕輕笑了。

「我以為這是一個需要一直背負下去的祕密，沒想到現在所有人都知道了。」

對於北辰，對於整個星際來說，萬星又是什麼呢？

有奕巳只知道，從今天起，自己再也無法變回過去那個簡簡單單的北辰學生了。

他也不再只是他自己。

第四十章　戢鱗潛翼（一）

陰謀，詭計，人生煩惱，血脈家仇。

以上都是有頭腦有野心有能力的人需要思考的事，對於現在的慕梵來說，這些或許還沒有一塊肉來得重要。

當然，最重要的不是肉酒美食，而是眼前的這個人。他的腦子確實混亂，記不起許多事，但潛意識裡總是有一個聲音在提醒，不要放過這個人，不能讓他離開自己身邊，無論如何！

慕梵記得這一點，所以，有奕巳站在原地發呆的時候，他也陪著站。

直到這人傻站了一會，突然又大叫起來。

「糟了！蘭嬸！」

有奕巳說：「這些人會認出我們、跑來追捕，蘭嬸那邊肯定也暴露了！慕梵，回去！」

他匆匆向來處跑去，慕梵看他跑得慢，索性提起他掛在肩上，自己健步奔跑起來。可是被他扛在肩上的有奕巳，被顛得傷口隱痛，五臟六腑都快攪成一團。

「你就不能換個姿勢嗎！」他怒吼。

真麻煩。慕梵想，可還是換了一個姿勢。

幾分鐘後，有奕巳一臉生無可戀，被慕梵公主抱著回到了蘭嬸家巷口。

「等等，裡面有沒有什麼動靜？」

有奕巳讓慕梵躲在暗處觀察，他相信憑藉鯨鯊——哪怕是個傻鯨鯊——的能力，要探查周圍是否有人潛藏，還是輕而易舉的。

慕梵搖了搖頭。

「快進去！」他說，讓慕梵放下自己，整了整衣服進屋。

蘭嬸母女正在談話，看到他們不由得又驚又喜。

「你們回來了？我正擔心該怎麼辦呢。」蘭嬸想了想，「是不是路上遇到人了？」

有奕巳這才注意到這對母女的不同。蘭嬸見他去而復返，並未驚愕，卻像是早有預料。而普通的孤女寡母，也不會輕易收留兩個身分不明的男子。這對母女肯定不簡單，可要說她們對自己有歹意，倒也不像。思及此，有奕巳停頓片刻，換了個開場白。

「蘭嬸，難道打從一開始就知道我的身分了？」

「身分？」蘭嬸搖了搖頭，「我一個普通人，哪裡知道什麼身分不身分。主要是今天見到尋人啟事，我才知道、才知道您竟然是將軍後裔。可是當時消息來得突然，沒有準備，您又走得匆忙，竟然來不及提醒您外面的情況。這可真是……哎。」

將軍後裔？有奕巳注意到她的稱呼。

「蘭嬸，妳們——？」

蘭嬸笑了笑，「小將軍見笑了，我不是什麼大人物。只是我孩子的父親，當年是北辰一名舊將，而我祖上曾經也出過服侍過有卯兵上將的軍官。習慣這麼稱呼您們，是軍中的慣例。」

有奕巳只是一名軍校生，沒有軍職，也毫無官職。會稱他為「小將軍」的，只有當年「萬星」麾下將領的後裔，和少數至今仍在北辰軍隊體系中的北辰七將子嗣及其下屬。

此時，聽到這個稱呼，有奕巳一時竟然恍了神。原來的他的父輩、祖輩，當年竟然創下那樣高的功勳和名望，讓這些勤勤懇懇、忠心不二的士兵們，世世代代都不忘他們的忠誠。

「蘭嬸，」有奕巳暗暗握拳，再次開口，「請隨我離開吧。現在這顆星球上有人發現了我的身分，已經連累妳們了。請和我一起另尋安身之處。」

「我們也正有這個打算。」母女倆起身，向他行了個禮，「可是小將軍有沒有想過，你們現在遠離北辰，孤立無援，在這偏遠的星系，究竟要怎樣才能算安全？」

有奕巳說：「先躲過眼前的危機再說，之後我再仔細謀畫。」

「我這裡有個建議，不知道小將軍願不願意聽一聽？」蘭嬸道，「既然要躲，就不僅是躲過眼前這幫人，連軍部和帝國的眼線都要防著。不知道，小將軍手裡有沒有值得信賴的人馬，能不能聯絡得上？如果沒有的話，您是否願意相信我們母女？」

有奕巳的目光沉了沉，「蘭嬸，妳不是說妳是普通人嗎？」

蘭嬸狡黠一笑，「我確實是個普通人，可沒說過我女兒也是啊。」

她看向一直未開口的女兒，女孩露出一個燦爛笑容，哪裡還有平日裡不諳世事的模樣。她對有奕巳行禮，恭聲道：「少將軍。我們等這一天，可是等好久了！」

有奕巳震驚幾秒，才歎了口氣。這世上，果然還有很多自己不知道的祕密。

「什麼！人沒抓到？被他跑了？」

暗室內，有人怒喝：「你們這些廢物！連一個傷患都抓不住嗎？」

「可是、可是大人，那人身邊還有那一位。那一位的實力可是誰都擋不住啊。」

「那一位？」聲音頓了一下，「他們不是有血海深仇嗎，竟然會互相援助？」

「血海深仇、國仇家恨，肯定是有的。可是現在究竟是什麼情況，我們也不清楚。畢竟是『萬星』的血脈，也許有一些我們不知道的手段，控制住了慕……」

「住口！不要說出這個名字！」

「大人？」下屬疑惑，「不過是個名字，為何？」

「你懂什麼，他們亞特蘭提斯王室那族，總有一些隱蔽的手段，精神感知也非同常人，普通人……我跟你說這些幹什麼。總之，這次失敗了，暫時就按兵不動吧。不過，北辰那邊的行動可要加快了。最近情況怎麼樣？」

「如計畫進行，大人。」

「好，通知卡里蘭星系那邊，準備總攻。哼，我到要看看，這次有王耀打算怎麼扛過這一關！」

北辰情勢危急！遠遠超乎想像。

將近一個月之前，威斯康率領第一艦隊祕密出征迎敵，中途被人伏擊，幸好得到第二、第四艦隊的援助，退回雷文要塞修整。然而，雷文要塞和數大艦隊被敵方圍困，至今已經快一個月了。那幫來歷不明的敵軍，依舊保持著連續不斷的增援和不見減弱的武力。北辰的軍力，卻是日漸不敵。

之前第三艦隊被軍部裁撤，已經讓北辰損失了一條臂膀。如今，北辰全境防禦都還需要其他艦隊維護，根本無暇再增派援兵，只能依靠少數兵力苦苦死守雷文要塞。

而自始至終，軍部都沉默得詭異，沒有表現出任何相助的意思。甚至在有奕巳的身分暴露後，有空派人來指責他們為何隱瞞，卻沒人提及邊防交戰之事。其他星系，自然是樂得作壁上觀。

事已至此，有王耀知道，雙方早晚會撕破臉皮。雷文要塞被攻破，也就是這數日之內的事。等到要塞被破，北辰實力大損，軍部就更有理由往他們這邊安插人手。他這個「傀儡上將」，恐怕真的得成為傀儡了。

但這些都不是最重要的，更重要的是一旦雷文要塞被攻下，沉默之地就會失守。那麼他們費盡心思保存多年的祕密，就會大白於天下。那群狼子野心之人，一定會狠狠撲上來撕咬這塊肥肉！

到時候，北辰必亡。

然而，事情也不是沒有轉圜的餘地，只是……

有王耀瞥到桌上的報紙，看見近日來連篇的熱門報導。

他頓了頓，突然想起威斯康領兵離開前說過的話，不由得猜測，那位老人是不是早就料到了今日？早就知道北辰不為軍部所容，所以才不惜一切，請纓赴戰場？

威斯康·阿克蘭，他是要為那位踏血歸來的北辰之子，掃清一切的障礙。

「父親。」

有琰炙敲門進屋，「您找我？」

有王耀抽回思緒，看向兒子，「傷勢已經養好了嗎？」

「已經無礙了。」有琰炙有些心急，「既然父親已經確認，那麼，我是否可以出發去……」

「琰炙。」有王耀打斷他，「你還記得，當年你養父與你定下的諾言嗎？」

「我記得。」有琰炙的目光堅定，「所以我才要去找小奕，不能讓他身處險境！父親如果不願參與的話，我就自己——」

「混帳！」有王耀怒斥，「你養父教給你的，就是讓你只看見眼前一時之急，而罔顧全局安危嗎？你難道就看不見，北辰已經岌岌可危，虎狼在伺嗎?!有銘齊交托給你的不是他的兒子！而是整個北辰和北辰的人民！你究竟明不明白？」

有琰炙聽得愣住，眼中閃過痛苦與糾結。

「可是我……」

「有奕巳那邊自然會有人去關照，你不用擔心。現在，你有更重要的事要做。」

有王耀緩下語氣，鄭重開口。

「琰炙，提前從軍校畢業，參軍吧。」

共和國曆一七七二年末。

有琰炙以全優評分提前畢業，入伍，領少校軍銜。次月，因功獲晉上校，率三艘星艦、五艘攻擊艦，以及一隊機甲團，前往雷文要塞支援。

雙方激戰五月，戰局一度陷入膠著。

最後決戰中，北辰陷入困境，傷亡慘重，第一、第二艦隊全軍覆滅。危急關頭，有琰炙突破坤階，力挽狂瀾擊退敵軍。

這位共和國有史以來的第三位坤階高手，時年，不滿二十。

「小奕，來幫個忙！」

花圃裡正在除草的少年聽見呼喚，應了一聲。

「來啦！」

他隨手擦了把汗，不小心將泥水沾到了頭髮上，正路過他家門口的鄰居笑道：「小奕，又在幫母親做事啦？」

少年抬了抬嘴角，棕色的雙眸中閃過笑意。

「我只是幫忙分擔一點而已。」

鄰人感慨著少年的懂事，卻沒看到那雙藏明亮的棕眸、竟有一瞬閃過漆黑。她提起手中的菜籃，離開了這幢看似再平凡不過的小屋。

「母親。」

少年走進屋裡，看著在做手工的婦人。

「少將軍不用這麼稱呼我，這裡又沒有外人。」中年女人站起身來，對少年行禮。

有奕巳笑了笑，這才換回稱呼。

「蘭嬸。」

他走到桌前，拿起水喝了一杯，「是有消息了嗎？」

有奕巳隱藏身分，和蘭嬸母女離開了那顆危機重重的小行星已經快滿一個月。如今，離新一年的年關不到一個月，他們卻還隱姓埋名生活在這座普通小鎮，沒有和蘭嬸口中的「組織」裡的人物搭上關係。

所謂組織，其實對外真正的名字是——饕龍傭兵團，是當今傭兵界當仁不讓的第一把交椅。

有奕巳得知蘭嬸女兒竟然是饕龍在外的暗探時，也嚇了一跳。這個威名赫赫的傭兵團可是長期霸占軍部通緝榜的前三名，同時也是地下世界裡各大龍頭老大都不敢得罪的勢力。沒想到，這勢力竟然和自己有了關聯。

蘭嬸開口：「月牙已經聯絡上饕龍的一個線人，但是還沒告訴對方您的身分。我們只說招攬了一個大人物，具體情況，還是等見面時再一一細說吧。」

有奕巳點了點頭，贊同蘭嬸的做法。

要說他對這個饕龍傭兵團沒有戒心，是不可能的。然而有慕梵這個聽話的大殺器在身邊，他就多了些安心，和這個龐然大物的組織慢慢接觸也好。

說起慕梵，有奕巳抬頭環顧一圈，放下了水杯。

「他人呢？」

蘭嬸眸光微閃，「那位殿下，可能、應該是在院外散心吧。」

有奕巳看出了她的欲言又止，「蘭嬸，有什麼話就直說，不用放在心裡。」

「我只是……少將軍，我們真要跟他一起走嗎？」蘭嬸不放心道，「再怎麼說，對方也是亞特蘭提斯王室，是鯨鯊，更是當年與您家族血戰不休的死敵。雖然他現在失憶了，願意聽您的話，可誰都難保以後會怎麼樣。少將軍，要我說，不如等聯絡上了饕龍的人，就讓這位慕梵殿下自由行動，我們……」

她話說到一半，突然屏住了呼吸，放在桌上的手瑟瑟發抖，臉上露出驚恐的表情。

有奕巳怒斥：「慕梵！」

一個人影從黑暗中顯身，淡淡瞥了眼蘭嬸。片刻後，他走到有奕巳身邊，一把抓起他的手，十指交握。有奕巳拿他沒辦法，也不好拒絕。只見慕梵如示威一般，讓兩人交握的手在蘭嬸面前晃了幾晃，才收起威懾。

直到這時，蘭嬸才敢大喘一口氣，然而她看向慕梵的眼神，已經從忌憚變成深深的畏懼。

有奕巳在心裡歎了口氣，道：「蘭嬸，妳的意思我明白。然而他現在心智不全，放任不管可能會導致更壞的結果。我帶著他自有我的用意，妳就別操心了。」

「是……」

慕梵磨了磨牙，對蘭嬸露出一口鋒銳尖齒。嚇得可憐的婦人又全身顫抖，連忙告退離開。

煩人。

嚇完人的鯨鯊對有奕巳說。

「她們都怕你，」有奕巳安撫道，「你還是少嚇她們。這些人雖然對你有偏見，對我來說都很重要。你對她們的態度就不能稍微溫和一點嗎？」

有奕巳簡直擔心死現在這個慕梵了，換做以前的亞特蘭提斯王子殿下，哪怕面對殺父之敵，也能談笑風生、喜怒不顯於色。可是現在的這個，就是個只有生存本能的野獸。凡是威脅到領地或想要虎口奪食的人，他都會毫不留情地攻擊。

有奕巳覺得自己是被慕梵劃分在「領地」的範疇內了，所以這傢伙才會看得這麼緊。

慕梵似乎並不想聽他的建議，眉頭蹙起。可過了一會不知想起什麼，竟又道：

答應，但，吃。

有奕巳的臉色頓時一變，有些發白，他咬牙切齒道：「你昨天不是才吃了嗎？」

不夠。

不吃，不答應。

慕梵微微瞇起眼，這模樣竟然又有幾分以往老奸巨猾的神情。

有奕巳恨得牙癢癢，卻不敢拒絕他，誰知道這顆定時炸彈會發什麼瘋。

「去房間不好嗎？」他退讓一步。

這裡。

慕梵卻得寸進尺，分毫不讓。有奕巳正準備再開口說些什麼，卻看到他眼底的隱紅光，這下更不敢拒絕了。

他深吸一口氣，慢慢閉上了眼睛。這幅模樣，簡直像把自己獻給野獸的祭品。

慕梵欣賞了幾秒他的乖順表情，實在忍不住心底的欲望，這才低下頭，一口咬在有奕巳細嫩的頸側。

「……唔嗯。」

幾聲喘息從有奕巳的牙縫間溢出，更加刺激了慕梵失控的情緒。他大手環住少年後腰，把人壓進懷裡，任由那血液流入自己口中，滋潤荒蕪的心肺。然而，慕梵的心底卻不由自主地浮上另一種情緒。

他想要得到更多，不僅是血液，還有整個身體。他要讓這人的眼睛與耳朵，只聽得見自己、看得見自己，要讓他的心神摒棄雜念，唯有自己留存。

他得到的越多，就越不滿足，恨不得找個牢籠把這人關在裡面，才能緩解他心頭的幾分焦躁。

如果還是正常時期的慕梵，大概能略微知曉自己是怎麼了。然而現在的慕梵，卻只能被欲望操縱。他焦躁地用力咬了一下有奕巳，聽到少年的驚呼後，又不由得鬆開口。

慕梵看著眼前被自己咬出來的傷口，眼中閃過不悅，像是不小心弄碎了心愛事物的懊惱。他不再吸食血液，而是伸出舌頭舔著傷處。在他的舔舐下，原本流出鮮血的傷口竟然漸漸癒合了。

「癢……」

有奕巳輕輕道了一聲。

慕梵卻猛力抓住他的手臂，力道勒得人生痛。有奕巳莫名其妙，不知道他這又是發什麼瘋，火氣也上來了，

「你吃也吃完了！放開我。」

慕梵不說話，也不鬆手，氣得有奕巳用腳去踩他，卻依舊不放手。

「小奕，有消息啦！」

月牙帶著難得的好消息跑進屋的時候，撞見的就是兩人糾糾纏纏的模樣。

她愣了一下，臉上竄起一抹紅暈。

「打、打擾了？我等等再來。」

「什麼打擾！」有奕巳羞惱，「別走，把正事說完！你還不放開我?!」

慕梵見他真的怒了，悻悻地鬆開手。可還是像影子一樣貼在有奕巳身後，弄得少年心裡煩悶不已。

「少將軍，」月牙笑嘻嘻道，「你們感情可真好，殿下只聽你的話，看來是離不開你呢。」

厭。

這話慕梵愛聽，他看了女孩一眼，心想，人類的雌性，看起來也不總是那麼惹人

有奕巳煩惱地揮了揮手，「月牙，妳剛才說什麼消息？」

「正要跟您說呢。我母親應該告訴您了，這幾天我聯絡上了饕龍的一個線人。今天約好了要在鎮上的一家酒館見面。」月牙說，「只是我沒跟他提到您，也不知道該怎麼開口。畢竟，現在外面到處都在找您，我也不能隨便透露消息出去。」

她看著易容成棕髮棕眸的有奕巳，雖然這模樣和以往大有不同，也沒有了「萬星」最具代表性的黑眸。但總覺得，有心人要是多觀察一下的話，還是有可能發現疏漏。

有奕巳想了想，「我和妳一起去。」

「可是會不會不安全？」月牙擔心。

「不親自去，我不放心。」有奕巳頓了頓，解釋道：「不是不放心妳們，而是……」

月牙笑了笑，做了個鬼臉，「我知道，小心為上嘛。那我就去安排了，等等就出門。」

她走了幾步，又回過身來，小心翼翼地道：「少將軍，聽說您在北辰的時候，有三名守護騎士？」

「對。怎麼了？」

「您對這三名騎士怎麼看，更偏向哪位？」月牙問。

「在我心裡，他們都是十分重要的人。」有奕巳看著她，「當然，妳和蘭嬙也很

重要。」

「我不是這個意思，我……」月牙懊惱地跺了跺腳，最後歎一口氣，「好吧，如果最後這三位您誰都不選，偏偏要選這位殿下的話，我也不介意。哎呀，只要是您真心喜歡的人，我都看好你們啦！」

她說完最後一句話，竟像個含羞少女一樣跑出了門。弄得有奕巳莫名其妙地站在原地，只能詢問慕梵。

「她是什麼意思？」

慕梵搖了搖頭，心底卻記下了一個名詞。

守護騎士？

這個稱呼讓他莫名升起了戒備，總覺得日後對自己會是很大的妨礙。

而遠在偏遠星系的有奕巳並不知道，在他決定去見饕龍傭兵團的人的這天，也正是有琰炙提前畢業入伍之日。

一個月後，有琰炙就會領兵前往雷文要塞，深入沉默之地。到時，一切都將沒有退路。

命運，似乎無論怎樣掙扎，都在朝註定的軌跡前進。

一去不復返。

第四十一章　戢鱗潛翼（二）

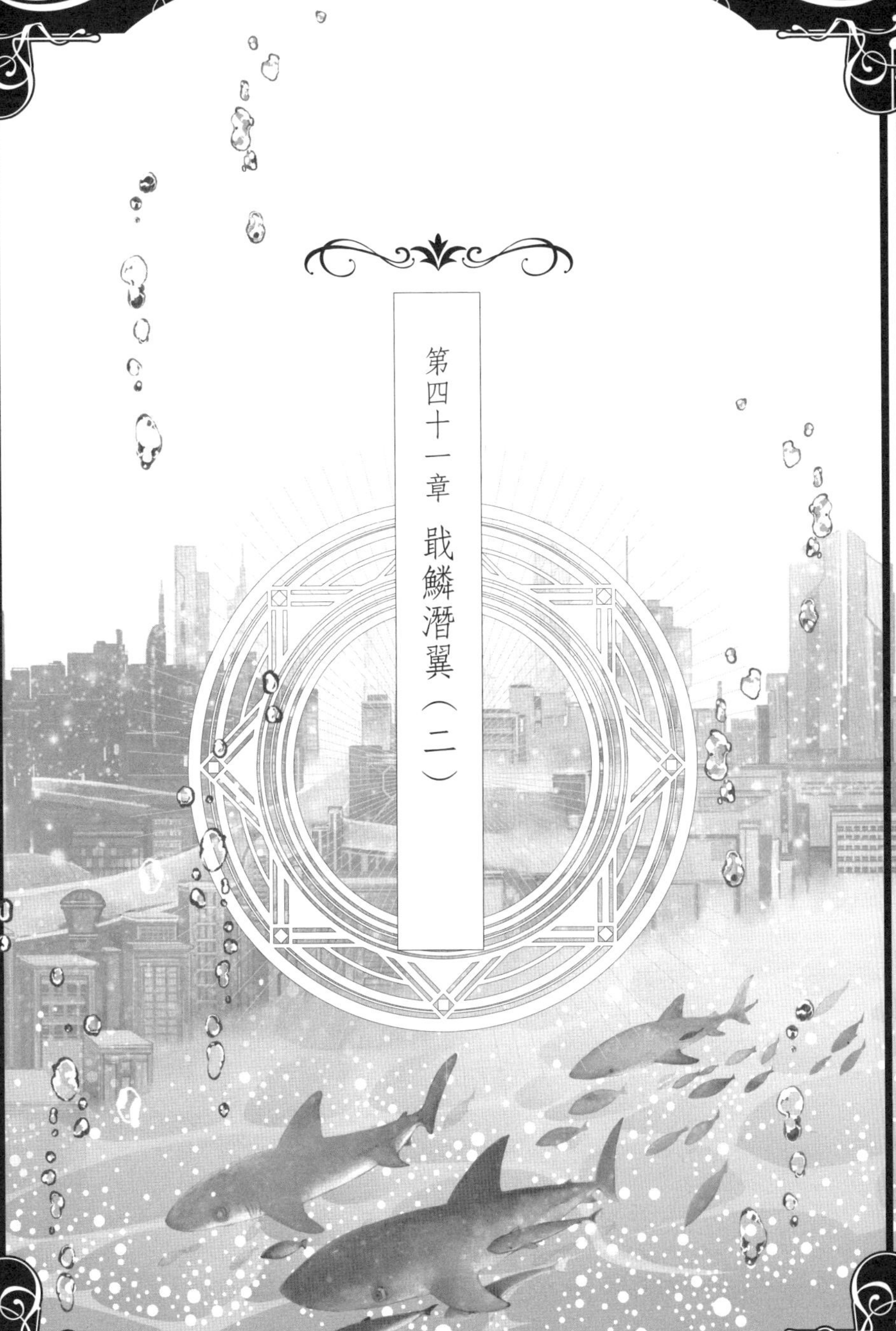

是夜，垂在大地上的帷幕，為所有景物披上一層陰影。小鎮裡，燈光影影綽綽，將屋內的人影撒在牆上，團團簇簇，猶如綻放的黑色之花。

韓清跟著小隊長進入酒館的時候，有一瞬間還以為自己回到了老家。

在沈風星球的小鎮上，也有那麼一群人喜歡聚集在一起喝酒吃肉，怒罵嬉笑。

不過恍神只有一瞬間，他很快想起自己在哪，並記起了自己的任務。這是他進入傭兵團以後，第一次被分配到的外勤任務，韓清打好了十萬分的精神認真對待。

「隊長，我們要等的人就在這裡嗎？」

小隊長羅切爾回過頭來。

「啊？你說什麼，我聽不見！嘿，再給我來一杯火龍酒！」他又轉頭對吧檯服務生喊道，彷彿他這一次出門就是為了吃喝玩樂。

韓清忍著頭上的青筋，「隊長，你還記不記得我們的——」話沒說完，他就被人一把拉了過去，灌了一大口烈酒。

「咳咳，放開我。」

「韓清，大家都在喝酒，就你一個人一臉正經地站在那裡，生怕別人不知道你別有目的？」羅切爾哈哈一笑，「痛痛快快地喝，又不耽誤等人，急什麼！」

韓清被拉著坐了下來，等了一會，實在拿這個隊長沒辦法，只能在一旁小口小口地喝著酒。

羅切爾瞪他，「喝酒怎麼像個娘們？」

我這不是怕我們全體喝醉，沒人記得正事嗎！韓清在心裡吐槽，悶悶灌了一口。

羅切爾笑他：「喝悶酒容易醉，傻小子！」

「我不傻，是隊長你太不把任務當一回事了。」韓清道。

「呦，還不高興了。你給我過來。」他把韓清的腦袋拽過來，兩人說起悄悄話，借著醉意，這個舉動也沒引起旁人的注意。

羅切爾低聲道：「這次的任務不是什麼大事，只是下面一個暗線來交流情報。其實說白了，這種任務就是放兄弟們出來吹吹風、放鬆一下的。要不是為了帶你出來歷練，我堂堂隊長可不會接這種小任務。明白嗎？」

韓清臉色一紅，「是為了我……」

羅切爾心裡偷笑，臭小子，趕擺臉色給我看，看我不磨練磨練你。

他一臉正經地說：「正是如此，等等人來了你去接應。是個小女生，記得對上暗號就好。行了，來喝酒吧！」

韓清又被羅切爾灌了一口，這次他不再推辭，喝了幾杯。等到有了幾分醉意的時候，他暈乎乎地想著人怎麼還沒來，酒館內的動靜卻突然變了。

來了嗎？

韓清睜大眼回頭看去，卻失望了。

進來的是一群年輕人，沒有一個是女性。這些人年齡都不大，帶著風塵僕僕的氣息。在引起酒館客人的注意後，也沒有侷促感，直接找了空桌坐下，看起來只是一群普通的遊客。周圍的目光逐漸收了回去，韓清卻覺得這些人有哪裡不對勁，格外吸引他的注意。

羅切爾吹了一聲口哨。

「還真是意外之喜。」

「隊長？」韓清疑惑問，就看見羅切爾已經抓了一瓶酒走過去和對方搭訕起來。他心裡咯噔一下，正要跟過去時，耳邊傳來一個聲音。

「今晚的月色美嗎，先生？」

韓清心中一凜，下意識回道：「沒有月亮哪來的月色。」

接頭的人來了！

意識到這點，他轉過身，就看到一個長著雀斑的少女，正瞇著眼睛看著自己。

「我好像沒看過你，是新人嗎？」女孩毫不怕生，直接在他面前坐了下來。

「我，不……我今年剛進隊。」

韓清支支吾吾了一下，還是選擇坦白，沒想到女孩卻撲哧一聲笑了出來。

「真是一點城府都沒有耶！隨便就被套了話。像你這樣的人怎麼會被派出來，就不怕被人騙了嗎？」

韓清窘迫道：「其實也不是我負責，小隊長跟著我一起出來，隊長說……」

「噓。」女孩對他眨了眨眼，「有些話可不要在這裡說。」

韓清立刻閉上嘴，下一秒又覺得自己實在是木訥，連這麼一個小女孩都比不上，他覺得無比氣餒。

「你是什麼意思！」

哐啷一聲，打破東西的聲音瞬間讓酒館寂靜下來，也喚回了韓清的注意力。

他循聲看去，臉色頓時一變。引起爭執的，是羅切爾和那幫年輕遊客！

羅切爾還在嘻嘻笑道：「幹嘛生氣？我只不過是問了句話，你不想回答就別回答囉。」

坐在他對面的年輕人面帶怒氣，手伸向腰間。羅切爾假裝不經意地按住了對方的手臂，正好讓他掏不出武器。

「年輕人火氣可不要太大，這裡可還是共和國的境內。」羅切爾挑了挑眉，「可不要不小心就引來了不應該來的風險。」

「你——！」那年輕人還要說什麼，卻被另一個人喝止了。

「梅爾！」

楊卓阻止了衝動的手下，又看向對面的人，「這位先生，我的同伴說話有些不知輕重，但是你管得未免也太寬了。看來，今晚這酒是不能好好喝了。」

他站起身，對羅切爾拱了拱手，便帶著手下一幫人走了。包括被喝罵的那個年輕人在內，沒有人敢反駁他，都乖乖跟在他身後。

羅切爾站在原地，似笑非笑地看著他們離開。

而幾乎是在離開酒館的一瞬間，梅爾就忍不住道：「為什麼要放過那傢伙？他一定看出我們身上帶著武器了！」

楊卓瞪了他一眼，「他看出來了，你卻沒看出來。」

梅爾一愣，「什麼？」

楊卓說：「他身上也帶著武器，你沒發現？這說明對方不僅眼力比你好，身手也遠在你之上。一個偏遠星球的普通小鎮上，怎麼會有這種人物？我不知道他是從哪裡來，又是來做什麼。但是我們這次的行動不容出錯，不要惹不該惹的人！」

他正訓斥著手下，突然注意到街角有人走了過來，下意識地閉上了嘴。誰知那人跑得匆忙，竟一頭撞進了楊卓的懷裡。

楊卓心下不悅，正要出手，懷裡的人卻搶先出了聲。

「抱、抱歉。」少年怯怯道，「我在找麗莎酒館，沒注意到你。對不起！」

看著少年儒弱的模樣，楊卓心下煩悶。

「酒館在後面！」他隨手指了個方向，帶著手下離開。卻沒注意到在他身後，少年佇立原地，望著他們的背影良久。

有奕巳捏了捏手指，嘴角帶著一絲笑意。他剛才衝到那人懷裡時，的確摸到了對方腰間類似槍支的硬物。

共和國有武器禁令，嚴令禁止民間流通武器，而剛在那幾人看起來也不像軍人。有趣。有奕巳摸了摸嘴角，「跟上他們。」

身後的黑影晃了晃，沒有動靜。

他無奈地又道：「快去快回，晚上回來給你獎勵。」

這一次不等他多說什麼，黑影已無聲無息地躥了出去。

「小奕！」

有奕巳獨自走到酒館門口，就看到月牙朝他揮著手。

她對羅切爾和韓清介紹道：「這是我剛找來的一個朋友，很有本事。我想把他介紹給上面，成為我們的人。這不為難吧？」

這是她和有奕巳之前套好的說辭，在有奕巳摸清饕龍的底細之前，先不暴露身分。等他瞭解這個組織的目的後，再做決定。

饕龍成員月牙在少將軍的魅力前，毫不猶豫地選擇了倒戈，幫有奕巳一起謀畫這次偽裝。誰知，他們兩人的精心安排，卻抵不過一場意外之外的重逢。

韓清看著走過來的人，簡直不敢相信自己的眼睛。他的嘴越張越大，心越跳越快，最後在有奕巳走到自己面前時，竟撲通一聲跪下了！

羅切爾嚇了一跳，「不是吧，才喝幾杯你就醉了？」

然而，韓清此時卻已經激動得說不出話來。他看著有奕巳，眼中又是驚訝又是狂喜。

「你你你……不，您怎麼會在這裡？」

在看見韓清的時候，有奕巳心裡就直喊糟糕，但他沒想到這個青年不僅記得自己的模樣，還認出了自己真正的身分。

此時，羅切爾看向他的目光，已經有了幾分警惕和疑惑。有奕巳知道，這個潛伏計畫算是徹底泡湯了。

「我們先去人少的地方。」

他這麼說著，卻有一道身影嗖一下從天上躍了下來。

落地的過程中，兜帽被風掀起，露出那一頭璀璨銀髮。然而當事人卻毫不在意，只是看著有奕巳。

跟了。獎勵。

有奕巳咬緊牙關，揍死他的心都有了。

這只蠢鯨鯊完全沒有注意到，在他的面容暴露後，對面幾個人更是徹底石化了。

銀色頭髮，深色瞳孔，還有這張臉。現在世上還有誰不知道，這是亞特蘭提斯二王子的容貌？

而這個時候和慕梵在一起的，還能是誰？

頓時，就連羅切爾也有些站不穩。他看了看慕梵，再看了看慕梵身前的棕髮少年，幾十年歷練出來的心力，此時也搖搖晃晃，如山之將傾。

眨眼間，他竟然咚一聲和韓清一起跪在地上。

「少、少少少……」羅切爾結巴了。他想起自己剛才和韓清說這次只不過是個小任務，就忍不住打自己耳光。

這哪是小任務啊！這簡直是饕龍有史以來遇到的最大驚喜！他肯定是上輩子燒了

高香，才能隨便出勤跑個腿，都能遇到這位。

羅切爾激動地眼眶泛紅，「少將——」

幸好在對方說出口之前，被有奕巳及時阻止了。

他苦笑地看著眼前幾人，「有什麼話，我們找個安靜的地方再談吧。」

房間內的光線不亮，有奕巳只能對著鏡子，借著微光打量自己。眼睛是眼睛，鼻子是鼻子，五官端正，確實是個小帥哥。雖然只是改了髮色、眸色，但是氣質已經大變，一般沒有親眼見過他的人，是認不出他就是「尋人啟事」上的那位的。

可韓清怎麼一眼就認出來了呢？難道自己的偽裝就真的這麼漏洞百出，不至於吧，也沒見其他人發現什麼。

他正端著下巴仔細打量自己，慕梵推開窗戶，從窗外爬了進來。看到有奕巳這幅模樣，他先是一愣，然後從少年手裡搶下鏡子，見沒什麼特殊之處，就隨手一扔。

有奕巳看著碎成兩半的鏡子，實在是有些無語。這個無智版的慕梵，也不知腦袋裡是哪根筋接錯了，不僅喜歡黏著他，還喜歡把玩他隨身的東西。好像有奕巳經手的物品，他不摸一摸咬一咬，就渾身不舒服似的。

然而此時，有奕巳卻不能對這傢伙發脾氣，他還有事要拜託對方呢。於是，他露出一個笑臉對慕梵招了招手，「回來啦？我問你，剛才你去跟的那些人——」

「小奕！」樓下傳來月牙的喊聲，「我媽回來了，下來一起吃飯吧。」

有奕巳的臉色一變，知道這是要說正事了，只能先把要問慕梵的事放一邊。他下樓的時候，蘭嬸、月牙，還有韓清和羅切爾早就正襟危坐，看到他出現，齊齊站起要行禮。

有奕巳覺得頭很痛，忙道：「別這樣。蘭嬸，你們不能老是對我這麼恭敬，在家裡還好，萬一在外面不小心露餡了，別人會覺得奇怪。」

羅切爾道：「有什麼好奇怪的？少將軍是『萬星』後裔，值得我們一拜。」

有奕巳像是現在才注意到他，「羅切爾隊長。你應該是饕龍傭兵團的正式成員吧，為什麼也像軍伍裡的人那樣稱呼我？」

羅切爾笑笑，「您有所不知，我們饕龍雖然只是上不了檯面的傭兵團，但是團裡的兄弟十有七八都是退伍的軍人，也大多是北辰舊將。這麼稱呼您也是應該的。」

他興奮道：「要是知道我在這顆小星球上遇見了您，團裡不知道有多少兄弟會羡慕死！」

有奕巳的雙眸閃了閃，「難道我在這裡的消息，你已經回報了？」

「那倒沒有。」羅切爾咧嘴一笑，「我想，您原本與我見面時就不打算暴露身分，應該是有自己的考量。我也不能擅自替您作主，走漏了消息，對吧？」

聽他這麼一說，有奕巳對羅切爾這個人，連帶他身後的饕龍傭兵團都有了幾分好感。

現在他孤身在外，勢單力薄，除了名聲大了點，其實並沒有多少基底。饕龍傭兵團的人能這樣尊重他的意願，可見確實是將他放在了心上。

既然這樣，他也該投桃報李才對。

「並不是我不相信貴團，只是現在情況複雜，多方勢力都在打探我的消息。饕龍實力強大，本身就很引人關注，要是將我的身分傳回去之後特地派人來接，難免會被有心人發現蛛絲馬跡。」有奕巳解釋道，「羅切爾隊長如果在這裡有什麼任務，請不必顧慮我，完成之後就照常歸隊。到時候我隨你們一起回去，想必也不會引起注意。」

羅切爾高興道：「這麼說，少將軍是願意和我一起回總部了！哈哈，我倒想看看，那些臭小子看見您時會有多驚訝。」他拍了拍韓清的肩膀，「會不會像這小子一樣，嚇得當場就跪了。」

韓清又羞又惱，「隊長你也跪了好不好！」

「廢話，我和你的情況可以相提並論嗎？」

有奕巳失笑，這群人難道是把自己看成了洪水猛獸？

「不過，慕梵也會跟在我身邊，不知道這方便不方便？」他提起了自己在意的一點。

「慕梵殿下嘛。」羅切爾看著站在有奕巳身後、像根木樁一樣的鯨鯊，「他這是怎麼了？」

有奕巳當然不能全說，只能半真半假道：「失憶了。可能是之前落在新人類聯盟手裡，還留下了一些後遺症。我也在煩惱這件事，但是他現在在我的規制下不會隨意傷人，這點可以放心。」

「我當然是相信您的！不過，新人類聯盟——」羅切爾的眉頭皺起，「這麼提起他們，我倒是想起一件事。今天在酒館裡，我們遇見了一群可疑的人……」

有奕巳心下一動，「是不是一群年輕人，都戴著兜帽，遮著大半張臉？」

「對，少將軍您也遇到了？」

「我是在門口碰上的，意外發現他們身上有武器。」有奕巳肅穆道，「共和國內的武器禁令已經頒布了數百年，民間雖然也有走私武器的一些星盜和私人武裝，但是總覺得他們——」

「不太對勁，對不對？」羅切爾獰笑一聲，「這幫人肯定不是一般的星盜！少將軍也是好眼力，一眼就看出來了。其實我去接近他們的時候，就聞到味道了——一股混血的臭味。」

「混血？」有奕巳一驚，「難道是羅曼星系的人？」

提起羅曼星系，有奕巳心中複雜難言。

去年，北辰第三艦隊出征就是為了鎮壓羅曼星系的叛軍，但卻沒想到引發了一系列的意外，他還有許多好友因此而死。

「可是羅曼星系，現在不是已經收歸中央直接管轄了嗎？」有奕巳說，「這些人身上帶著武器，還出現在這裡，難道是──」他頓了頓，「叛軍。」

羅切爾敬佩道：「少將軍果然非同一般，一下就猜出來了。說起來，這羅曼星系的叛軍，當時被北辰艦隊追擊，逃亡邊境。雖然是被帝國好心收留了，但似乎賊心不死，餘黨一直都在暗中謀畫著什麼。」

說到這裡，他不由得多看了慕梵一眼。畢竟當時，下令開放邊境收容難民的可是這一位。

有奕巳下意識擋在慕梵面前，繼續問道：「那和他們這次出現在這顆星球，有什麼關聯？」

「少將軍有所不知。」羅切爾正色道，「這顆小行星乍看普通，其實卻是各處勢力私下轉運武器的中轉站。每當有大批武器運輸，都會通過這裡。這幫羅曼餘黨出現在此，十有八九背後有一齣大條的武器交易。」

有奕巳的臉色一寒，「現在國內沒有戰爭，哪裡需要大批武器？」

他想起了什麼，臉色更冷地說：「不，也不能說是沒有戰事。我聽說北辰失守了，隊長可知此事？」

「少將軍不用太過擔心，北辰星系的處境雖然不好，但也沒有淪落到失守的境地。只是現在，雷文要塞被不明武裝力量圍困，有些棘手。」羅切爾道。

「哦，恰巧這時候有大批武器運出，這些羅曼人難不成還是好心準備武器援助雷文要塞的守軍？」有奕巳冷笑，「這武器是運給敵人的吧！」

自從知道北辰的處境困難，有奕巳的心情就一直很糟，又苦於自己遠在天涯不能馳援，回去還可能是個拖後腿的，他只能咬牙忍了。可這時，一個探查敵人底細的機會擺在面前，他哪能不牢牢抓住？

「羅切爾隊長，我想探查這批武器究竟準備運往哪裡，還有這幫羅曼人的身分。」有奕巳說，「你可願助我一臂之力？」

「少將軍這說的是什麼話！」羅切爾大笑，「我們饕龍傭兵團是為了什麼目的建立的，別人不清楚，我還能不知道嗎？回頭要是讓老大知道我臨陣退縮，還不把我狠揍一頓！您有什麼命令，直接吩咐就好了。」

有奕巳心情稍好，笑了一笑，轉身道：「慕梵，你之前跟的人，有沒有跟緊？」

一直充當人肉布景的鯨鯊王子，總算是被人注意到了。可這傢伙顯然不是那麼聽話的忠犬，他看著有奕巳，陰陰露齒一笑。那目光，簡直就像盯上了獵物的老奸巨猾的獵人。

獎勵。

有奕巳扶額。他差點忘了，就算是智商下線的慕梵也不是那麼好操控的！看來不給這傢伙獎勵，他是不會乖乖配合了。

「我說了給就絕對會給，你先告訴我人在哪，乖。」

慕梵傲慢地一揚頭。

事情，有先有後。

有奕巳簡直要跪下了。

這個結巴竟然會說完整的句子了！平時找你有事的時候，怎麼不見這麼聰明呢！

他磨牙道：「先欠著，之後可以給你加倍。兩倍……二點五倍！不能再多了，貪心不足蛇吞象你懂不懂！」

旁邊聽不到慕梵意識對話的幾個人，莫名其妙地看著他們唱起雙簧。

韓清羨慕道：「少將軍和慕梵王子的感情真好。」

他這麼說，卻惹來有奕巳羞惱的一瞥。一時之間，韓清又是茫然又是委屈。

羅切爾同情地拍拍韓清的肩膀，心想，我這屬下的情商，簡直比腦殘狀態的亞特蘭提斯王子還低啊。

等有奕巳氣喘吁吁和慕梵談好交易，已經快氣死了。

「我都答應你了，現在可以帶我們去了吧。」

得了便宜的慕梵總算心滿意足，點了點頭。

帶你去。

他丟下這句話，上前扛起有奕巳就飛出窗外，半路上想到這人似乎不喜歡這個姿勢，還換成了公主抱。

目瞪口呆的其他幾人：「……」

「快，快！還不跟上！」羅切爾著急道，邊跑還不忘吐槽，「這鯨鯊是長翅膀的嗎？跑得比游還快！」

如果有奕巳還能聽見，肯定會狠狠附和一句。

慕梵有沒有長翅膀他不知道，不過這傢伙的腦袋肯定長了木頭！

不，慕梵這傢伙，簡直就是一根大木頭！

被人抱在懷裡跳上跳下，飛來飛去的感覺，很不好受。有奕巳閉著眼，感覺胃裡翻攪，就在他差點忍不住要吐出來的時候，慕梵總算是停了下來。

「到了？」

沒人回答，他一被放下，就仔細打量起周圍的環境。

這裡似乎是一座農場，地處偏僻，只看到有幾處堆放糧食的倉庫。不遠處的農場小屋隱隱亮著火光，有奕巳沒敢走近，只是在周邊觀察。

等了五分鐘，羅切爾和韓清也追了上來。

「少——」

「在這裡不用這樣稱呼。」有奕巳轉身，以不容兩人質疑的口吻道，「事急從權，其他先暫時放一邊。羅切爾隊長，你對這農場有什麼看法？」

羅切爾四處觀察了一會，笑道：「倉庫裡可以藏糧食，自然也可以藏武器。少……您是要我去探查一下嗎？」

有奕巳點了點頭，「麻煩你們了。」他指了指遠處的小屋，「我想去那邊看看能不能得到什麼消息和線索。你們放心，慕梵身手不凡，有他在，我不會有事的。」

羅切爾先是皺了下眉，隨後看向慕梵，點了點頭。

「請您務必小心。」他帶著韓清潛入，不一會，兩人就消失在夜色之中。

「走吧。」有奕巳回頭對鯨鯊道，「帶我去那棟小屋附近，不要被人發現了。」

慕梵不說話，抱起他就竄上了屋頂。

說起來，鯨鯊這種生物不愧是宇宙霸主，他在屋簷之間跳躍，卻猶如鴻毛輕落。哪怕是抱著一個人，也沒有發出一絲聲響。因此，兩人才可以安然地躲在屋頂上竊聽。

火光從門窗之間洩露出來，投映在黑色的土地上，有奕巳能清晰地聽到屋內人的交談。

「人怎麼還不來？」

「難道是路上出了意外？」

「約好的時間早過了，也不看看現在都什麼時候了。我們從帝國境內私運武器過來，得冒多大風險！他們卻完全不把我們看在眼裡。」

從帝國境內私運武器！有奕巳暗暗心驚，難道這件事，還有帝國勢力的參與？

「說起來，這次要不是有海因里希家的人替我們瞞了過去，說不定就被邊境的巡防部隊逮住了。老大，上次海因里希家族許諾你的那件事——」

「安靜！」

楊卓皺眉，悄無聲息地走到門口，突然用力推開大門，舉著武器向外張望。然而外面除了夜蟲的鳴音和搖曳的樹影，並沒有其他動靜。楊卓關上門，走回屋內，眉心還是緊蹙成川字。

他看向屬下，警告道：「有些話，不要隨便在外頭說。記住了？」

「是。」

屬下剛回應，敲門聲又響起。

「楊先生，久等了。」

楊卓知道，自己等的人，到了。

「好險，剛才就差一點。」

有奕巳躲在不遠處的牆根下，看著敲門的人進了屋。

「還好你動作快，要不然就被他們發現了。慕梵……慕梵?!」

有奕巳喊了幾聲沒有回應，回頭一看，差點驚叫出聲。

只見慕梵正蹲在地上，和一個小鬼面對面地大眼瞪小眼。這小孩不知是何時出現的，也許是一直都在這裡，安安靜靜地站在角落，竟然一點聲音都沒有發出來，有奕巳完全沒有發現他。

殺掉。

慕梵瞪著小鬼。

「等等……」有奕巳上前一把拉住他，看著這個明顯是外星系混血的小孩，一時為難起來。

他這邊還沒作出決定，那邊的男孩卻已經有了反應。

「你們是誰？是來找楊卓哥哥的嗎？」

小男孩扶著牆角站起身，一雙大眼睛望著他們，卻又像是望著遠處的星空，莫名顯得有些空洞。

這是？有奕巳伸出手在男孩面前揮了揮。

男孩沒有反應。

「楊卓哥哥在屋裡，你們要找他的話，得去那邊。」絲毫不覺有奕巳的動作，小男孩自顧自道，「要我帶你們過去嗎？」

原來他的眼睛看不見，把他們當成今晚要接頭的客人了？

有奕巳想著，終於出聲：「不用，我們可以自己過去。你……」他猶豫了一下，還是問道，「你的眼睛是怎麼回事？是受傷了嗎？」

男孩一愣，笑了笑，「沒什麼，生下來就是這樣。我母親有加邁星人的血統，所以我的眼睛天生弱視。後來，就漸漸看不到了。」

加邁人是外星系的一種類人種族，他們的雙眼退化，只能靠感知行動，混血兒身上有這種遺傳也不奇怪。

「但是如果幼兒有此疾病，應該可以申請共和國的醫療保障，在你成年之前進行手術。為何拖延到這種程度？」有奕巳不由得皺眉。

小男孩呆呆地說：「什麼是醫療保障？難道我的眼睛原本可以治好嗎？」

有奕巳不忍心告訴他，像這種遺傳疾病，在出生時及時手術並且後天持續治療的話，是可以完全恢復正常人程度的。然而，他現在將這話告訴男孩，就等於是在他已經潰爛的傷口上又補一刀。

「不能好其實也沒什麼。之前我當奴隸的時候，因為瞎眼，反而能接到別人接不到的工作呢。」似乎從有奕巳的沉默裡察覺出了什麼，小男孩笑一笑，道，「像我這樣的混血，能活下來已經是奇跡啦。我也不奢望別的，只希望大家都能健健康康地活著，不要再有人死掉就好了。」

「你們……」

有奕巳張了張嘴，正想再問些什麼，小屋的門突然又打開了。

「小麥！天黑了，快進來吧。」有個男人站在門口，朝這邊喊著。

有奕巳的心一下子提到了喉嚨，在他身旁，慕梵渾身的肌肉也繃緊，隨時準備出擊。

「好的，我馬上回去。」

小男孩喊道，就要向小屋跑去。

有奕巳一把抓住了他。

男孩轉過身，明明是空洞的盲眼，卻像是能看透人的靈魂。

「我不會告訴哥哥他們的，你們走吧。」他握住有奕巳的手，「但是，我求求你們不要再回來，不要再讓哥哥他們流血了，好嗎？」

那纖細卻粗糙的手指按在自己手背上時，有奕巳不自覺地顫了顫。等他回過神時，小男孩已經跑遠，走進了木屋。

追？

慕梵問。

「算了。先回去吧。」

有奕巳心緒複雜，仰天歎了口氣，「回去，再從長計議。」

「什麼?!」

稍晚，幾人齊聚在臨時居所交換今晚收集到的情報時，羅切爾對有奕巳的做法明顯不贊同。

「你讓那個男孩回屋了，就不怕他走漏消息?你……您這一出，實在是有欠考量。」

「我知道。」有奕巳說，「可我又該怎麼做，殺了那個孩子嗎?等發現他的屍體後，羅曼人肯定會更加戒備，還不如放他回去，相信他會信守承諾。」

「那不過是一個孩子，他懂什麼承諾！」羅切爾不屑道。

「你說得對，那只不過是一個孩子。」有奕巳淡淡道，「如果我連一個稚子都不相信、都要趕盡殺絕，以後我還會信任你們，你們還會信任我嗎？」

羅切爾被他堵得半天說不出話來，但是韓清卻很贊同有奕巳的做法。

「無論怎樣，孩子是無辜的。對了，小……有奕巳大人。」韓清換了個彆扭的稱呼，說，「我們今晚去那幾個糧倉查看，發現在堆積的糧食之下，果然有一批重武器，都是搭載在星艦上才能使用的能量武器。羅曼人把它們分解，似乎打算運往別處。」

有奕巳道：「那麼今晚和他們接頭的，應該就是新人類聯盟的人了。他們肯定會在近期將武器運出港，送往雷文要塞附近。」

「我們要半路截住嗎？」羅切爾問，「我去向老大申請援助！」

「不，先別急。」有奕巳低頭想了想，「從這裡去雷文要塞需要跨越好幾個星系，饕龍傭兵團的人馬都分布在哪裡？」

羅切爾毫不隱瞞地對他說明後，看見有奕巳慢慢鬆開了眉頭。

「少將軍可是有主意了？」

有奕巳點點頭，「在這個時候，堵劫他們的武器確實最可能成功。但是運往雷文要塞的武器和物資，絕對不只這一批。我猜測，新人類聯盟的人很可能會在某個中轉站，集中處理所有物資，再一同運輸。與其現在早早打草驚蛇，不如到時候……」

交談的聲音被寒夜的風聲壓過，燈火忽明忽暗，襯托得人臉在光影下變幻不已。

慕梵靠在牆上，靜靜望著坐在燭光之中運籌帷幄的有奕巳。那雙如玻璃般的深瞳中，有一瞬間突然閃過一道亮彩。然而下一秒，他的眸色又恢復空洞，幾乎讓人以為那是錯覺。

就在有奕巳等人商量怎麼斬斷新人類聯盟的增援時，北辰派出去的增援卻已經抵達了前線。

「見過上校！」

白金髮的青年步下星艦的時候，一群人齊齊對他行禮，恭敬而謙卑。

有琰炙循著階梯走下。

僅在數月之前，他來到這個要塞時，還是以學生的身分見習，現在卻成了他們的長官。即便是有琰炙，也不由得感歎世事弄人。然而他走到階梯盡頭，卻看到一個不算熟悉，卻絕對令人難忘的面孔。

那人半倚在牆邊，懶懶地撥弄著自己的長髮，似乎注意到他的視線，抬眸望來，帶著一貫溫柔卻讓人牙癢的笑意。

「上校大人，好久不見。」

西里硫斯笑道。

「聽聞你又纏綿病榻許久，明明天賦卓絕卻久病纏身，也許是因為你身邊缺乏一名可靠的醫生。」他的眼中，全是見獵心喜的目光，「上回的建議，你要不要再考慮看看？」

「謝了。」

有琰炙越過他，目不斜視。

「我寧願病死，也不會當某人的小白鼠。」

西里硫斯哈哈大笑，跟在他身後走進了雷文要塞。

共和國曆一七七二年。

有琰炙再進雷文要塞。

——離命運輪盤重啟之日，只剩下五個月。

第四十二章 戢鱗潛翼（三）

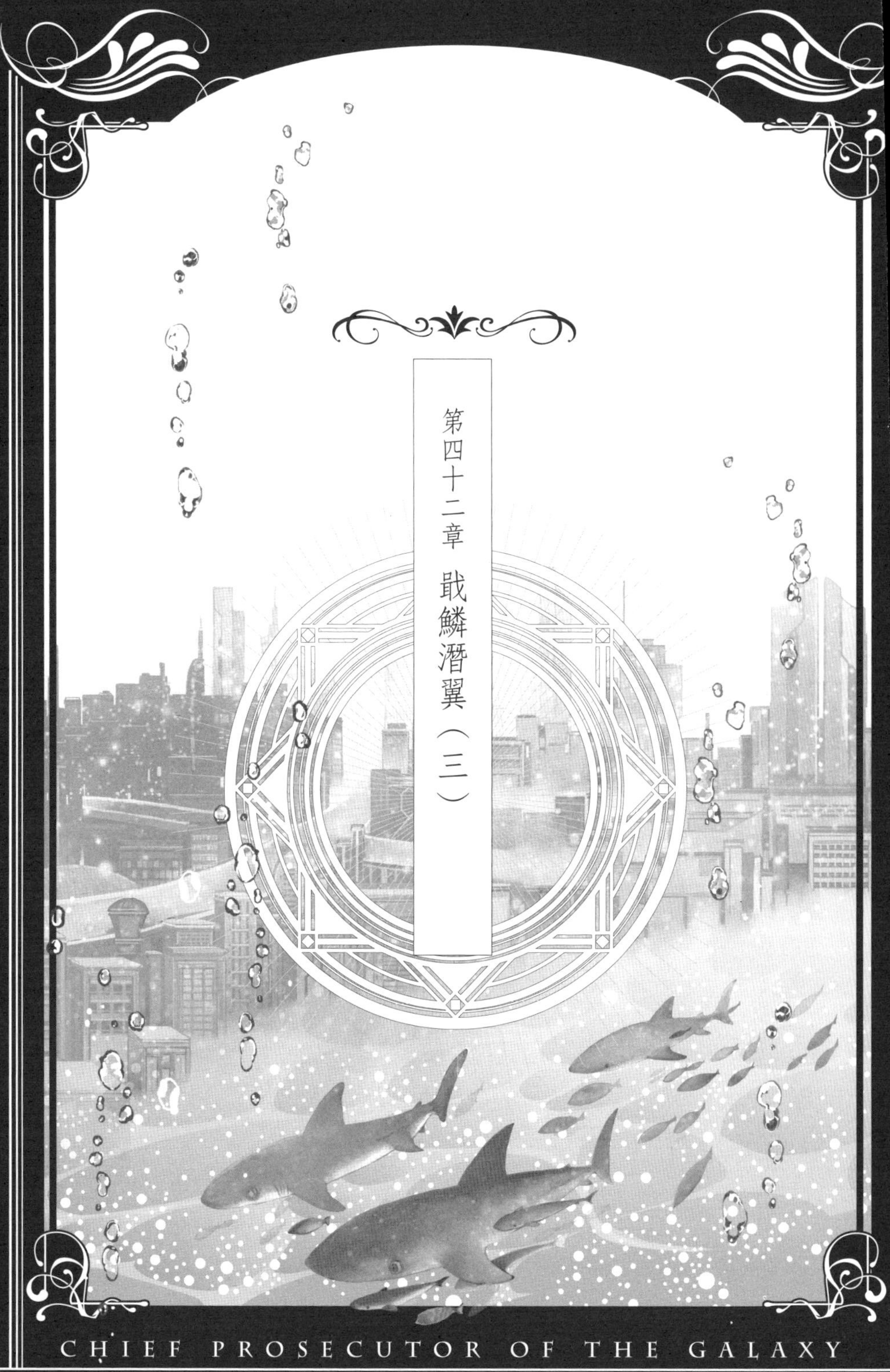

星艦在這條走私航道行駛，已經快一個月了。

「這倒楣的不見白天也不見黑夜的鬼日子，究竟還要過多久？」

梅爾從庫倉巡視回來的時候，就聽到同伴在抱怨。幾人拿著啤酒小酌，臉上滿是在星艦上待久了的煩悶。

他放下匕首，一屁股坐下，瞪著對方。

「抱怨什麼。做完這一批，離我們復仇的計畫才更進一步。有空在這裡發呆，為什麼不多巡邏幾遍？」

其中一人笑道：「哎，梅爾，不是每個人都像你這麼有精神。巡邏？待在飛船上大半個月了，航道上連半個人影都沒看見，就連星盜也沒遇過。這都快到目的地啦，咱們就不要操這個心了。」

「你！關鍵時刻才不能懈怠，你懂不懂？」

「不懂不懂，這裡只有你最敬業最勤勞，別人都不如你。」

梅爾怒了，正要發火，卻被人拉住了袖子，那一腔怒火頓時就被這一拉扯泄了大半。

「小麥？」

他回頭，看見雙目失明的小男孩，皺眉道：「你跑來幹什麼？」

「送午飯給你們啊。」小麥笑著遞過幾個食盒，「楊卓哥哥說，讓梅爾叔叔你不要總是和大家吵架。有空在這裡指手畫腳，還不如多做些事，嗯。」

這話說得和剛才梅爾的語氣如出一轍，其他幾人都在那裡哈哈大笑起來。

梅爾頭上青筋直冒，上去就捏住小麥的臉頰肉，「沒大沒小的，你說的是什麼話？」

「都是楊卓哥哥叫我說的！」小麥求饒道。

「他明明年紀比我還大，你喊他哥哥，為什麼喊我叔叔？我才十八！」梅爾更怒。

「什麼呀，我又看不見，只能聽聲音猜嘛。原來梅爾叔叔才十八歲，還沒有成年，可是聲音這麼滄桑，是不是平時總是對大家大吼大叫的，沒有好好保養呀？」小麥天真地做了個鬼臉，轉身就跑。

「你這個臭小子！」

梅爾放下餐盤，追著他滿艙跑，一旁其他人看得哈哈大笑。

楊卓進門的時候，看到的就是這副場面，他難得微笑了一下。看到小麥要摔倒，伸手扶住男孩。

「梅爾，這麼大了，還和一個孩子計較什麼。」

「還不都是你慣壞了他，卓哥！」梅爾羞惱道，「要不是在路上撿回這個臭小子，我們也沒這麼多麻煩，帶著他上路還要被拖後腿……」他說到一半，自覺說錯了話，閉嘴不語了。

然而，楊卓卻沒有那麼輕易地放過他，他神色淡淡，看向梅爾。

「小麥是我們的族人，卻被那些人類奴役。如果我連他都不救，我帶你們以身犯險，過這種刀口舔血的生活又是為了什麼?!」他見梅爾已有愧意，又軟了口氣。「總之，帶他跟完這批貨，我就送他回去，以後不用出來跟我們冒險。這幾天，你多關照點。」

「是……可是卓哥，有一點我想不明白。」梅爾道，「既然我們幫新人類聯盟運送武器，為什麼不直接和他們聯手攻下北辰？讓那些侵犯我們家園，殺死我們同胞的北辰人血債血償！這樣不是更暢快？我——」他還要說下去，卻在楊卓的眼神下訕訕地閉上嘴。

「北辰是我們的仇人，你以為新人類聯盟就是好人了嗎？」

楊卓歎了口氣。

「這個世上，像我們這樣的異類，本來就沒有立足之地。準備準備吧。」他望著窗外的星海，「馬上就要到目的地了，別出差錯了。」

十分鐘後，楊卓一行人的星艦，與另外幾艘星艦在一個隱蔽的空間跳躍站匯合。這個祕密地點，只有他們內部的人才知道，因此每次做大宗武器運輸時，都會在這裡做最後的轉運。把這批貨交給對方，他們的任務就算完成了。

楊卓在指揮室裡，看著屬下一批批地搬運武器，心裡卻一直有股忐忑不安的情緒。他總覺得，事情有些蹊蹺。這一路上連個星盜都沒遇見，會不會也太順利了？

「梅爾，監察附近的情況，一有異樣就向我彙報。」他吩咐下去，將身邊的人都各自安排了任務後，卻還是不放心。楊卓走到窗前，揉了揉跳動的太陽穴。

究竟是哪呢，究竟是哪裡出了疏漏？

「我應該沒有算錯什麼……」楊卓喃喃道。

「你算錯的最大一點，就是不該和新人類聯盟合作。」

原本空無一人的指揮室竟然傳來了回音，在空曠的室內幽幽傳開，顯得有幾分陰森。

「誰！」

楊卓心中一跳，摸向武器，卻在半途被人扣住了手腕。他還想掙扎反抗，卻被對方一用力折斷了手臂，冷汗頓時從額角冒了出來。

「還是請你不要輕舉妄動。我這個朋友，脾氣可不太好呢。」

伴隨著說話的聲音，一個人影從暗處走出來，笑咪咪地打量楊卓。

「是誰？」楊卓瞇著眼，努力想看清對方。在發現對面的人只是一個普通的少年後，不由得瞪大了眼睛。

「你，我在哪裡見過你？」

「楊先生真是貴人多忘事。」少年擠出一個酒窩，「我們曾經在酒吧門口偶遇，您忘了吧？」

「是你。」楊卓仔細打量對方，回想了起來。但是他心底仍舊覺得哪裡不對，似乎不僅僅是因為這個才覺得少年面熟。

「你們是星盜，還是奧茲家族的劫掠黑船？」冷靜下來後，楊卓開始思考對策，「如果只是想要劫這批貨的話，儘管拿走，不要動我的兄弟。」

少年嬉笑，「楊先生果然有情有義。可惜，我們貨物要劫，人也不會放過。我沒記錯的話，你們船上還有個小孩吧，他這個年紀的小孩送到人蛇集團手裡，可是值不少錢呢。」

「你敢！他是無辜的！」楊卓咬牙，雙眼通紅地瞪向他，「你敢動他，我不會放過你！」

「我為什麼不敢？」少年收起笑容，「既然你敢私運武器，助紂為虐！我為什麼不能對你的兄弟下手？無辜？」

他冷笑，「你們私運的這批武器，會奪走多少北辰將士的性命，有多少家庭會因此妻離子散、幼兒成為孤兒，你還敢說你的人無辜！」

楊卓緊抿著唇，不看向對方。

「哦，我倒是忘了。」少年看著他，露齒一笑，「對你們來說，巴不得如此吧。讓北辰整個覆滅，才能平息你們的恨意，是嗎，羅曼的叛軍？」

楊卓猛地抬起頭來，不敢置信地望向他。

「你究竟是誰，是軍部的人，北辰的軍人？」

「我誰都不是！」少年打斷他，突然轉頭，看向窗外，「我只是一個心血來潮來破壞你們計畫的普通人。」

楊卓順著他的視線看去，頓時心驚肉跳，只見周圍不知何時冒出許多星艦，將他們幾艘運輸艦團團圍住，凡是想脫身逃走的，都被毫不留情地擊墜。而這些包圍他們的星艦上，都刻著火焰色的獠牙，凶悍凜冽，格外刺目。

「饕龍……」楊卓想不通，為什麼一個傭兵團會跟上他們的蹤跡，又為什麼會特地聚集大批人手，劫走他們的武器？是為了倒賣，還是黑吃黑？他看向少年，卻怎麼也想不通。

「情況怎樣了？」少年卻在和人通訊。

「抓住了！新人類聯盟的接應方，正準備逃跑，被我們的人攔了下來！」通訊器那邊傳來一個興高采烈的聲音，「這回收穫可多了！十艘運輸武器的星艦，還有八艘補給！都虧您放長線釣大魚，我們才能聚齊這麼多兄弟，少將軍……」

那個稱呼點亮了楊卓的一個想法，他猛然抬起頭，「是你，原來是你！『萬星』有——！」

他的話還沒出口，卻被人一腳踩在胸口，差點吐出一口血。只見剛才折斷他手臂的兜帽男，露出一雙眼睛不悅地看過來。

「住手！別把人弄死，我還沒問話呢。」有奕巳連忙阻止。

他喊你名字。

慕梵不快道。

我不喜歡。

這一個月，他的意念交流是越來越順暢，但是脾氣也是越來越古怪了。

有奕巳無奈地阻止他，「這人還有用處，你別……」

「哈哈哈哈，哈哈哈哈。」

慕梵腳下的人卻已經狂笑起來。

「原來是這樣！」楊卓瘋狂道，「『萬星』啊『萬星』，能死在你手上也值得了。但是我不甘心！為什麼！為什麼偏偏北辰就有人守護，總是死而不僵！而我們羅曼人卻像棄兒，顛沛流離，到哪裡都找不到活路！」

他瞪向有奕巳。

「你回答我啊，像你這樣的人，為什麼要去守護那個星系！為什麼？」

有奕巳看向他。

「就像是你為了守護你們羅曼同胞，甘願去做劊子手、妄送他人性命一樣。這世上有很多事沒有理由，只有因果。」

「是嗎？那這份因果，還真是讓人羨慕啊。」楊卓閉上眼，「你殺了我吧。」

然而他卻遲遲等不到終結自己性命的那一擊。等了半天，卻只等來一句話。

「其實你不用羨慕別人。因為即使是你，也是有願意付出諾言守護你們的人。」

最後看了楊卓一眼，有奕巳走出指揮室。

「我不會殺你。」

這時候，饕龍傭兵團的其他人已經登陸這艘星艦，他們會負責羈押和看守俘虜。他讓慕梵帶自己提前趕來，只是為了制服住楊卓，避免他劍走偏鋒。

想到這裡，有奕巳看了慕梵一眼。

有這麼一隻鯨鯊在，去哪裡都很方便，連太空都可以自由行走。簡直就像是帶了一隻有任意門的多啦A鯊。

有奕巳勾唇一笑，「慕梵，以後你要是破產了，可以開展星際快遞業務賺外快嘛。」

慕梵莫名其妙瞥了他一眼。

正在這時，羅切爾帶著一群饕龍的人走了過來。

「少將軍！」他激動道，「我們老大趕來了！您要見他嗎？」

饕龍傭兵團的老大？有奕巳開口，「請帶我去拜會！」

他跟在幾人身後匆匆趕往饕龍母艦，卻在進大廳之前，突然冒出一股奇妙的預感。前方就是大廳，饕龍的掌門人就在裡面，可他的腳步卻猶豫了起來。

「怎麼，見到是我，就不想進來了嗎？」

有奕巳錯愕地抬起頭，啟唇驚呼。

「怎麼是你！？」

有奕巳這輩子，就沒見過幾個長輩。

父母早亡，外祖母遠在他鄉，學校裡的教授們與其說是長輩，不如說是師長。多了幾分敬意，卻少了親近。

而他這輩子還在世的長輩，除了沈風星球上的外祖母，就只有一位了——

「老頭子！」

眼前這人，正是他失蹤多時的養父。在紫微星，將他一手拉拔大的老人——謝長流。自從有奕巳離開紫微星後，就一直沒有老人的消息，沒想到今日竟然在這裡遇上了。

有奕巳根本無法相信自己的眼睛，驚喜交加。

「你怎麼會在這裡？」他眼珠轉了半圈，明白過來，「你竟然是饕龍的老大！」

謝長流看見他似乎並不意外，呵呵一笑。

「你以為呢？不然還有誰會勞心勞力，就憑你這小鬼的一句話，就調動大批人手過來？」

有奕巳卻委屈道：「你瞞了我好久。如果知道你是饕龍的老大，我就不用這麼辛苦，直接找你說明就好了。」

謝長流一個眼刀飛了過來，「直接找我？不讓你這傢伙歷練歷練，再一個手快，把一箱子的古董書都化為飛灰怎麼辦？」

想起往事，有奕巳也是心痛不已：「年少輕狂的事，就別再提了。」

「年少？」謝長流斜睨他，「我看你輕狂是真的。你說說看，這一年多你在外面惹了多少事？現在倒好，連真實身分都暴露了。」老人吹鬍子瞪眼，「是誰說的『我要去這星空看看自己能走多遠』。哦，你這還沒走到北辰門口，就被人一把拉下來了？」

有奕巳臉紅道：「那是意外，是特殊情況，我沒那麼笨的。」

在長輩面前，他沒了一貫的自持，倒可以多幾分驕縱。

「哼，我看也沒那麼聰明。」謝長流不以為然。

慕梵站在一旁，看著這一老一少鬥嘴，心裡莫名有些不是滋味。他的腦袋還不靈活，卻也看得出來這兩人之間有一股天然的氛圍，是他融入不進去的。他不喜歡這種感覺。

正在責罵有奕巳的謝長流，突然覺得後脖子涼涼的，他抬頭一看，只見那隻鯨鯊嘴角掀起一抹冷笑。

「好哇，你這臭小子，還把這個大麻煩帶過來了。」

有奕巳回頭一看，那還得了！慕梵這傢伙正對著自己養父露出一口尖牙，眼冒青光，似乎下一秒就要把人吞了。他忍不住手癢，用力一敲鯨鯊腦袋。

「磨什麼牙呢！這是我長輩，尊敬一點。」

慕梵挨了打，心裡更是惱火委屈，瞪了有奕巳一眼，索性轉身不再理他。

有奕巳哭笑不得，只能解釋道：「他現在不太正常，老頭，你能看出什麼問題嗎？」

「鯨鯊這種玩意什麼時候正常過？」謝長流哼了一聲，仔細打量慕梵，「不過，這傢伙看起來神志不清，卻還算聽你的話，你是怎麼制服他的？」

有奕巳如此這般，說了一遍前因後果。

聽罷，謝長流驚訝道：「這麼說，慕梵還清醒的時候，竟然就和你合作了？」

「是的。」有奕巳點點頭，「但是他被新人類聯盟帶走後就失去了理智，似乎是因為幼時的隱疾。」

「幼時隱疾？」謝長流摸著下巴，「他的隱疾，你怎麼會知道？」

有奕巳一愣，「這是因為……」

謝長流卻打斷他，繼續道：「而且就我所知，亞特蘭提斯二王子做事一向深謀遠慮，絕不會一時興起就讓自己陷入險境。而且他已經失蹤這麼久，帝國卻一直沒有找到他。你覺得在世上只剩下不足五隻鯨鯊後，他們會放任慕梵流落在外？」

「你的意思是，還有別的原因？」有奕巳想了想，也覺得事情有些不大對勁。自從慕梵出事後，他就沒見過他身邊的那位書記官，叫梅什麼德的。長官出了事，這些屬下卻連人影都不冒一個，未免太不正常。

「我不知道。」謝長流看向慕梵，「只是有些疑惑而已。」

他揮了揮手，「算了，今天來也不是跟你說這個。小奕，外面這幫人我就幫你收拾了，收集到的武器就當是孝敬我，我也不還你了。」

「哦。」有奕巳悶悶道，他就知道要被這老狐狸占便宜。

謝長流微微一笑，指著艦外的兵荒馬亂，頗有當年指點江山的風采。

「你這一局走得很好。斷了羅曼人走私的武器，至少還能阻上他們一時。但是——」謝長流臉色一變，「接下來要往哪走，你想過沒有？」

「北辰，你暫時不能回去。我給你兩條路，一，留在這裡跟我當山大王，以後就把饕龍交給你管理。這二嘛，」謝長流說，「小奕，你可想出去走走？」

有奕巳反問：「出去，去哪？」

「共和國內七大星系，帝國，甚至是外星域。只要你想，我都可以送你去。」謝長流說。

「那麼。」有奕巳抬起頭來，鋥亮的眼珠定定望著對方，「我想先去一個地方。」

「你說武器被劫了！」有人拍案而起，怒道，「是誰下的手，消息是怎麼洩露出去的？」

「大人，是饕龍的人趁火打劫，但是他們是怎麼得到消息，目前尚不得知。」

「那些羅曼人呢？」

「盡數被俘，不知道會不會供出我們。」

「他們知道些什麼！我關心的是，消息是怎麼走漏的！這條私運航道一直都是保密的，除非——」

黑袍人想到什麼，坐回原位，冷冷一笑，「上一次，左使令堵截軍校的人馬，被『萬星』擺了一道，正被上面所不喜。這一次就輪到我這邊出了差錯，哪來這麼巧合的事？」

「大人的意思，是左使那邊洩露消息，故意讓我們吃虧？」

「他不想讓我爬到他頭上，當然會這麼做。」黑袍人冷冷一笑，看著自己袖口的三紋螺旋，「現在戰事正到關鍵時刻，我卻不能以牙還牙，只能暫時忍著。他倒是會算計。」

「大人，那我們……」

黑袍人冷哼：「我自有打算。」

有奕巳渾然不知自己一個無心之舉，讓新人類聯盟內部生了嫌隙。此時，他正在籌備另一件事。為了這件事，他纏了半天說服了謝長流，又上下協調了一番。事情成敗與否，就看今天這一關了。

有奕巳走到囚室門口。

「開門吧。」

守衛應諾。

鐵門發出吱呀的聲音，被羈押在內的人抬起了眼睛。在看見來人時，嘴角露出一個嘲諷的笑容。

「沒想到你還有痛打落水狗的興致。」

有奕巳卻不說話，而是側身一步，讓出半個身位。

「楊卓哥哥！」一個嬌小的人影從他身後跑了出來，撲到囚犯身前，「你沒有受傷吧，你還好嗎？」

楊卓瞪大眼，「小麥，你……你拿他來威脅我！」後半句話，是對有奕巳說的。

有奕巳淡淡一笑，「這可冤枉了。我都沒有鞭打拷問你，好吃好喝地伺候著，去利用一個孩子做什麼？」

「你們北辰人要是有這麼好心。」楊卓冷哼，「那我們幾十萬羅曼親人的血，就不會白流了！」

有奕巳臉上的笑意退了下去。

「攻擊居住衛星一事，我不想再多說。即使第三艦隊再有不對，但是背後指使是誰，明眼人都看得出來。羅曼人起義造反，手裡也不是沒有無辜者的性命！」他冷聲道，「你要還是一直把自己當成受害者，我們就沒有必要談下去了。」

小麥勸道：「楊卓哥哥，我們不要再幫壞人運武器了好不好。小奕哥哥說話算話，我們聽他的話，一定能——」

「你懂什麼！」楊卓拍開他的手，「他一個北辰人，一個養尊處優的『萬星』後裔，哪裡明白我們的痛苦。」

「痛苦？我是看不明白你們所謂的痛苦。但是像小麥這樣的孩子，羅曼遺民中還有多少個？」有奕巳蹲下身來，摸著小麥的頭，「孤兒寡母，你們棄之不顧。倒是四處幫新人類聯盟惹事，沾了一身腥。恐怕到最後不惹來大火燒身、全族滅亡，你們是不會甘心的吧。」

「新人類聯盟可不是慈善機構，與虎謀皮，早晚是自尋死路。」

楊卓心下掙扎，他怎麼可能不明白這些。可他走投無路，不得不這麼做。

「不和他們合作，難道要與你合作嗎？」

「好啊。」

他一愣，抬起頭來，卻看到那少年微笑道。

「與我合作可是很划算的，你要不要幹？」

「團長，少將軍正在與羅曼俘虜面談。」

羅切爾彙報，猶豫道：「但是，難道我們真的要讓他以身冒險嗎？」

謝長流說：「富貴險中求。我倒也想將他呵護在我的羽翼下，可時不我與，我們還能等多久呢？」他一想到最近的消息，就十分頭疼。

他這邊還在苦惱有奕巳的事，那邊當事人已經一臉喜色地跑了過來。

「老頭，我和他都商量好了。條件也已經安排妥當，你這下可以放心讓我去了吧！」有奕巳雀躍地走來，沒走幾步，卻差點被一個踉蹌的人撞倒。

「你是怎麼回事？差點撞到少將軍。」羅切爾呵斥。

可那傭兵卻蒼白著臉，「團長，少將軍，大事不好！」

他倉皇道：「今天軍部突然下令，封鎖北辰軍校！」

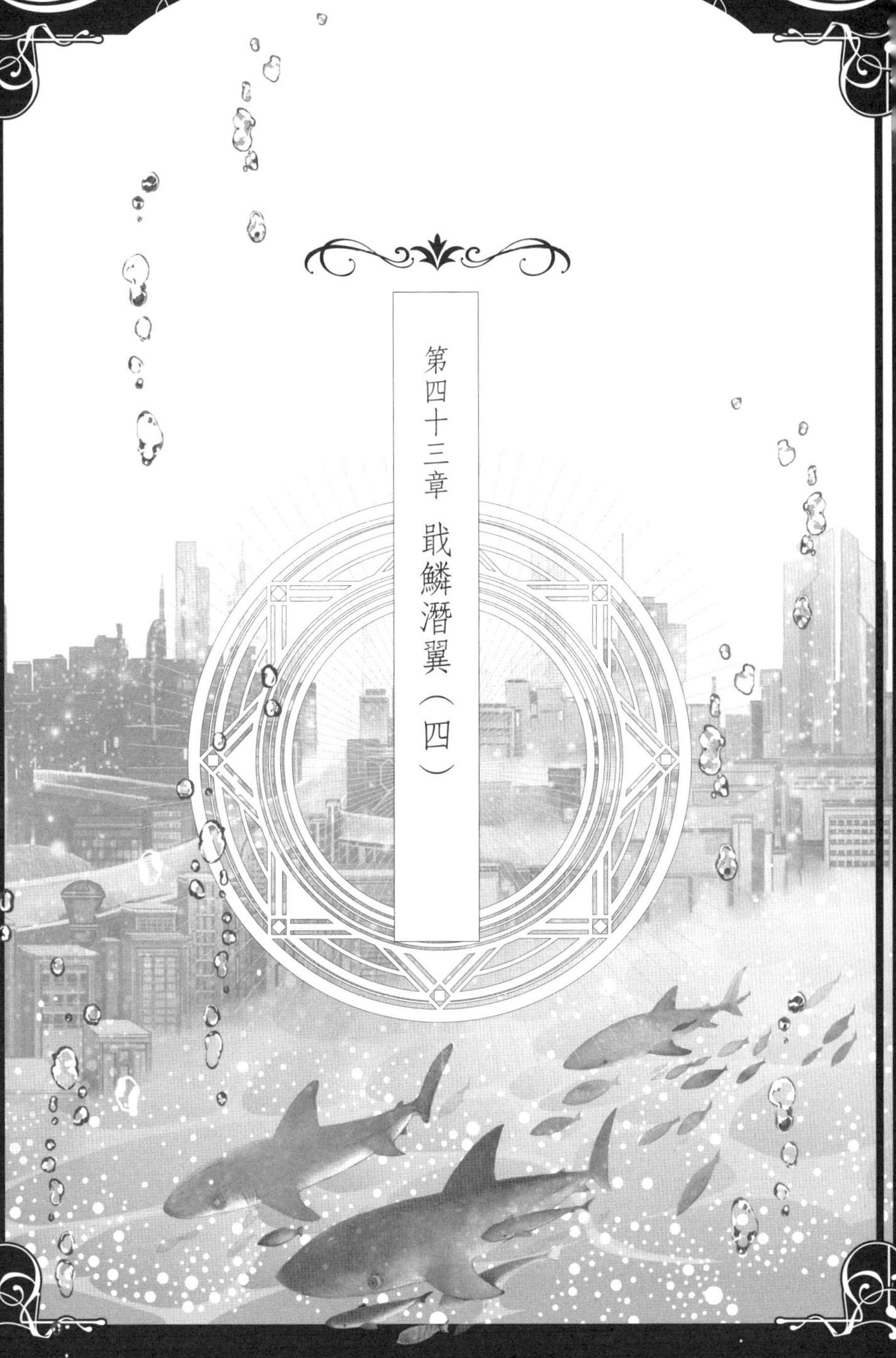

第四十三章　戢鱗潛翼（四）

CHIEF PROSECUTOR OF THE GALAXY

西里硫斯離開實驗室的時候，已經是深夜。

然而，實驗室外，無論是指揮部還是各個機要部門，皆是一片燈火通明。雷文要塞正值關鍵時刻，沒有人會在這個時候忙裡偷閒。

他走到要塞的一處偏僻角落，只是打算透透風，卻在這裡遇到了意料之外的人。

那人的眸光映襯著遠處交戰不停的伙伴，一時間，竟好像一團火焰。

西里硫斯笑了笑，帶著一絲興味走了上去。

「難得輪休，上校不在房間休息，還有心思跑到這裡來賞景？」

有琰炙回頭看到來人，感覺頭更痛了。

「早知道會在這裡遇見你，我也不會出來。」他冷聲道。

西里硫斯卻不以為意，往他身邊一站，毫不見外地就聊起天來。

「這話可就傷人了。上校前幾天身體不適，還是我幫你治好的，現在就翻臉不認人了？」

「是，但你也趁機抽了我數管血液做研究。」有琰炙睨了他一眼，「我不欠你。但是你若還想把研究的心思打在我身上，我也不會客氣。」

「原來你是因為這個原因對我避之唯恐不及。」西里硫斯不解道，「我幫你研究身體的異狀，有什麼不好嗎？世人都知道你身體天生有缺，哪怕天賦再高，疾病也阻礙了你的發揮。在我看來，你就像是空有利爪，卻被束縛在肉體凡胎裡的猛獸。如果我能幫你查出原因，解開枷鎖，不就解決了一個大麻煩？」

有琰炙沉默了半晌。

「不好。」

西里硫斯被氣笑了，「呵，我還是第一次遇見不想治好自己的人！」

有琰炙不想治好自己嗎？並不是。

身體的拖累，他已經經歷了快二十年，疾病發作之時的煎熬，他當然不是心甘情願地承受。但是不知為何，有琰炙心裡總有一絲預感。身體就這樣也沒什麼不好，查不出病因也無所謂。

似乎他早有預料，一旦把所有事情都研究得清清楚楚，那麼，他將再也不能回到當初。

西里硫斯見他沉默，也知趣地不再說話。兩人一同無言。片刻後，竟然是有琰炙先開了口。

「那裡有什麼？」

他望著遠方，卻不是在看戰場，而是更深遠的某處。

西里硫斯不用猜，就明白他問的是哪，笑道：「也許又是成千上萬具屍骨，也許什麼都沒有。畢竟都過了幾百年，就算有些什麼痕跡，也早被歲月磨滅乾淨了。」

他想到什麼，又說：「不過也不一定，如果鯨鯊的屍骨在那，恐怕還能保存到現在。」

「鯨鯊……」有琰炙念著這個詞，「這個沉默之地，這個戰場，都是因牠而起。」

他又想起慕梵，眉心不快地抽動了一下。

西里硫斯看見了，開口道：「這和那位二王子殿下可不一樣。慕梵至今不過百來歲，在海裔中不過剛剛成年。但是葬在沉默之地的那一位，殞身時正值壯年，可是有史以來戰力最強大的鯨鯊。」

他說著，眼睛裡泛起光彩，「聽說當年戰爭時，這隻鯨鯊一個擺尾便可覆滅一座要塞，實力堪稱可怖。」

有琰炙卻是不屑，「實力強橫，不還是和『萬星』同歸於盡。不過如此。」

「這可不一定呢，說不定當時有什麼我們不知道的特殊情況。」西里硫斯掀了掀唇角，「說起來也是巧合，這隻鯨鯊的名字，和上校你也有幾分相像。」

西里硫斯目光灼灼，望向有琰炙。

「慕焱，同樣生來帶著三簇熊熊之火，說不定你們也是有緣呢。」

「是嗎？」有琰炙盯著他，「西里硫斯．諾亞，如果我沒記錯的話，諾亞這個姓氏是前人類銀河帝國的王族之姓。」

西里硫斯微微吃了一驚，「你連這個都知道！真是小看了你。這些陳年往事，現在你拿出去說也不會有人信。嗯，不過你要是把這件事捅出去，我也不太方便。」

他困擾地撓了撓下巴，「這時候，我是不是應該殺人滅口？」

有琰炙看著他，「要殺也輪不到你。」

西里硫斯對上那道目光，打了個寒顫，連忙舉手投降道：「好了，我認命！以後再也不哄你來做實驗，也不背地裡慫恿洛恩他們叫你當我的小白鼠。」

說罷，他又心疼又可惜，像有琰炙這樣的絕佳素材，下一個去哪裡找啊。

然而，有琰炙卻不理會他的心思，深深看了他一眼後，轉身就離開了。

「喂喂，說真的，你要是什麼時候回心轉意，想查清楚自己的情況，就來找我啊，我隨時奉陪！」西里硫斯還在後面不甘地喊著。

有琰炙連聽都不想聽，他正要邁出步伐，卻突然一頓。

與此同時，西里硫斯身上的通訊器也響了起來。

他們同時受到一條消息。

北辰軍校被軍部封鎖！有壬耀被軍部革除上將職位！

北辰軍校。

外面是一片慌亂，隱約聽見人來人往的聲音。

「伊爾！」

沈彥文壓低聲音，盡量不引起別人注意。

「外面好多人。我們往哪走？」

伊索爾德緊皺著眉頭，「教授們已經被監視起來，學校也被封鎖，得想辦法逃出去。」

事發突然，北辰軍校正是期末時期，學生們考完試準備休假，誰知道卻突然遇上軍部的強制封鎖。

「我看見米菲羅．卡塔那個混蛋了。」沈彥文的眼力很好，「他帶著一群人正往我們這邊來。這混蛋，又當叛徒！」

「他們無緣無故封鎖軍校，目標肯定是你我二人。」伊索爾德道，「小奕現在不知身在何處，和他長期相處的只有我們。恐怕軍部想捉住我們，再逼他現身。」

他低下頭，看見外面大半個校園都被士兵封鎖住了，大多數學生也毫無反擊之力。

沈彥文氣得牙癢，「這幫小人！去前線打仗的時候就不見他們賣力，只會窩裡鬥！要是北辰的艦隊還在……」

北辰七大艦隊，第三艦隊已被裁撤，第一、第二、第四艦隊正在外禦敵，而另外三艘艦隊常年負責邊境巡防，此時也不在北辰主星。這才讓軍部的人找到機會，趁隙而入。

「其他事以後再說，總之我們先找機會逃脫。不能落在他們手上。」伊索爾德緊緊蹙起眉頭，卻也不知道該怎麼從這個密不透風的圍捕裡逃出去。

「彥文，你想辦法聯絡克利斯蒂師兄他們……」他轉身去喊沈彥文，卻突然被人捂住了嘴巴。伊索爾德大驚，正要反抗。

「噓，別出聲，是我。」

來人輕輕笑道：「你們兩個小鬼，躲在這裡遲早會被人發現，要不要跟我走？」

伊索爾德睜大眼睛，眨了眨，看見這人身旁同樣被捂住嘴的沈彥文。

「薩丁教授！」他驚呼出聲，「你怎麼在這裡？」

哈爾伯特．薩丁笑道：「不在這裡，難道在下面等著被抓嗎？」

伊索爾德想起來，這位的身分可是星盜，按理說應該被捕在獄，如今卻在北辰當教授。這要是被發現了——

他正想得入神，卻聽見這位星盜教授豪邁地笑了幾聲，接下來說出的話卻更是讓他心驚膽顫。

「這地方是待不下去了。怎麼樣，你們要不要跟著我出去，一起落草為寇！」

「北辰被封鎖了！上將也被革職？」

有奕巳得到消息後，先是震驚後是憤怒。他急得在原地直打轉，這時候才顯現出幾分少年人的急躁。

「這是軍部，不，不僅僅是軍部，是中央星系的主意？他們是要徹底清掃北辰，可是為什麼這麼著急？」

謝長流卻不像他那麼躁動不安，幾十年的閱歷讓他還能保持冷靜。

「本來，軍部就算再將北辰視為眼中釘，也不該這麼早就出手。但是，現在不一樣了。」他看向有琰炙，「世人都知道，世上又出了一個『萬星』。萬星出，北辰興。軍部若不想看我們坐大，只有盡快出手。」

「是……因為我？」有奕巳愣住了，「是因為我太早暴露了身分。」

他的眼神又愧疚又難過，心裡火燒火燎的難受。

謝長流歎息一聲，「這不能怪你，當時的情形，你也別無選擇。要怪也得怪某隻被人控制、失控發狂的野獸。」

他淡淡地瞥了慕梵一眼。可是失心瘋的鯨鯊才不在乎別人的目光，他只在乎有奕巳的正義一拳，現在還在生悶氣。

「可是眼下的局面該如何挽回？新人類聯盟正在攻擊雷文要塞，中央又偏偏在這時候出手，這麼巧合——」有奕巳話音一頓，「根本沒有這麼巧合的事！這是早有預謀的，中央和新人類聯盟聯手起來對付北辰，對不對！」

他越想越心驚，再串聯這一年多來發生的事情，更覺得這是敵人早早布好的局，等著他們踏入。現在想來，羅曼人的突然反叛也太可疑了。這些事情裡面，似乎總有一隻看不見的手在操縱。

如果背叛是有人早就計畫好的呢？如果這些都是對北辰的陰謀呢！可是中央和軍部那些人怎麼敢這麼做？事情如果曝光，他們可是要受千夫所指，甚至背上叛國的罪名！那畢竟是數百萬人的性命啊。

有奕巳看向謝長流。

老人苦笑著點點頭。

「我們也是如此懷疑，但是沒有證據。軍部膽敢如此算計我們，肯定是有依仗。沒有證據，沒有線索，即便去最高法院對峙，也無法讓他們露出破綻。」

「當庭對峙？」

有奕巳這時倒是冷靜下來了。

「只要他們敢和我當面對質，我就不會讓他們贏。至於證據？」他冷笑一聲，「現在沒有，可不代表以後沒有。」

有奕巳握拳道：「我要去帝國一趟，與羅曼叛軍見面！」

有奕巳這個念頭，可不是憑空冒出來的。甚至可以說，在遇見楊卓、知道小麥身世之前，他就有了這個念頭。當他在許多多墓前，對著無碑的荒墳祭拜時，心中就已經默默許下這個心願。

他要查清楚羅曼人叛亂的起因，他要弄明白當時居住星炸毀慘劇背後的真相。而現在，他又多了更多的理由。也許羅曼人那裡，存在著軍部無法磨滅的證據。

然而，羅曼人身處帝國，又對北辰抱著極大的敵對態度，此去註定是一路風險。

謝長流看著自己一手帶大的少年，心裡滿是疲憊。

「你去吧。但是，多帶幾個人去。那些羅曼人我留著看押，如果你回不來，我就帶人闖過邊境，滅了他們的大本營。」他知道自己是困不住這隻想飛翔的鳥兒，只能托一把，讓他飛得更高。

「我一定會回來的。」有奕巳走上去，抱著老人的手臂，「我還等著你幫我過十八歲生日呢。」

那是星際中的部分居民依舊保留的傳統，十八歲弱冠，二十歲成年。弱冠之年當由父親行冠禮。

「哼。」謝長流裝作不在乎，眼角卻笑開了花。

兩天之後，有奕巳帶著慕梵和韓清、楊卓還有小麥一起踏上了前往帝國的旅程。

「老頭，我在學校有幾個好友，這次可能受我殃及被軍部為難，不知道他們有沒有逃出來。」臨行前，有奕巳還不忘囑咐道，「如果有機會，你可以幫我多關注他們的消息嗎？」

謝長流揮揮手，吹鬍子瞪眼道：「這點小事，還用不著你操心。你當我們老一輩的都是吃素的嗎？」

有奕巳放心了，之後便揮別眾人，踏著啟程的星艦，向遙遠的另一個國度駛去。

路上，楊卓依舊受到他的嚴密監視。他們雖然達成了交易，但有奕巳還不是那麼信任他。他只把小麥帶在身邊，時不時詢問這個男孩關於羅曼人的一些情況。

「我們羅曼人，由於是混血，都和平常人類長得不大一樣。」小麥說，「我小時候還見過背上長著翅膀的人呢！不知道會不會飛？」

有奕巳想，這羅曼人的血統如此斑雜，難怪一般人類容不下他們了。

「對了，還有臉上長著鱗片，沒有耳朵的怪人！」

有奕巳的眼神一凜，「鱗片，是哪一種鱗片？這種人很多嗎？」

「我不知道。小時候媽媽說那些人很危險，都不讓我接近的。」

小麥知道的顯然不多，這讓有奕巳不由得歎了口氣。剛才那個描述，讓他想起了兩類人，亞特蘭提斯的海裔，還有——受輻射變異的新人類。

再加上長著鱗片的羅曼人，這三種人的特徵如此相似，究竟是進化中的巧合，還是某種冥冥註定？

這樣想著，他抬起頭來，尋找某個人影。

「韓清，你有看到慕梵嗎？」

「沒有，少將軍要找他嗎？我去替你尋！」韓清積極道。

「不用，過一會他自己就會回來。」有奕巳看著這張臉，不由得又想起另一張面容，他問，「你有兄弟姐妹嗎？」

「沒有。」韓清搖了搖頭，「我從小在沈風星長大，沒有別的親人了。」

有奕巳想起諾蘭軍校韓漣的那張面孔，心想這兩人如此相像，姓氏又相同，應該不是巧合。只是不知道這其中還有什麼淵源……算了，現在麻煩事這麼多，知道這些對自己有什麼用處呢？他揮去自己八卦的心思，等了一會卻發現慕梵依舊沒有回來。

這傢伙，自從決定出發去帝國後，他不見人影的時間就越來越多了。

「我去找他。」

有奕巳離開指揮室，逛了半圈都不見慕梵的身影，就在他奇怪的時候，突然前面一道人影晃過。再一眨眼的時候，慕梵已經出現在他身前。

你找我。

鯨鯊用陳述的語氣，帶著一絲得意洋洋。

有奕巳看他這個樣子，就知道他剛才又跑出艦外兜風了，當下沒好氣道：「是啊，找你呢！現在馬上就要過境，你再亂跑被人發現有異，我們都別想低調了！」

發現我？

慕梵嘲諷道：他們沒那個本事。

有奕巳看他這模樣，心底浮上一絲疑惑。

「慕梵，你……是不是恢復記憶了？」他手指微微用力收攏，忐忑地等待著答覆。

鯨鯊失憶時，他還能控制，可是慕梵一旦恢復原本的記憶，就有點棘手了。老奸巨猾的慕梵，可不是他能隨意指示的。

有奕巳盯著慕梵那雙暗色的眸子，想從裡面抽出蛛絲馬跡。然而他只看到自己在慕梵眼裡的倒影，如此清晰，透徹，帶著一絲微紅。

紅，紅?!

有奕巳瞪大眼一看，這傢伙眼冒血絲，又犯病了！慕梵現在犯病次數減少，卻越來越沒有規律。而且失控時喜歡吸食他的鮮血，不知道是哪來的毛病。

只見剛才還好好的慕梵，此時微喘著氣，嘴裡的尖牙隱隱露出來，看著有奕巳的目光簡直就像是在看盤中珍饈。

「等等！」有奕巳猜測的心思瞬間煙消雲散，連忙後退幾步，想要逃跑，卻沒走半步就被人扣住。

在最後關頭，他看著某人壓下來的臉龐，只能悲憤道：「你輕點啊！操。」

一臉生無可戀地被吸著血，有奕巳想，再這樣下去他早晚成為第一個死於貧血的有家人。

還好，這一次慕梵的失控並不嚴重，吸食的血液也不算多，但即便如此，等慕梵恢復平靜，有奕巳也已經頭暈目眩了。他半倚在罪魁禍首身上，連呼氣都有些喘。

「我真是上輩子欠了你的。」他咬牙道。

呵呵。

迷糊中彷彿有笑聲傳來。

有奕巳疑惑抬頭，卻看見慕梵一張木頭臉，哪有半分笑意。

幻聽？他這麼想著，就看到韓清從走廊盡頭快步來通知。

「少將軍！馬上就到關口了！」韓清一愣，看見這兩人的曖昧姿勢，有些不知所措。

「楊卓呢？把他帶出來。」有奕巳厚著臉皮，裝作什麼事都沒發生，離開慕梵站好，「我們過關還需要靠他的通行證。」

帝國邊境入口處，有奕巳看著排隊等待出入境的長長隊伍。無數星艦在這裡排成一條長龍。

「最近幾年，帝國與共和國商貿往來頻繁。」楊卓開口道，「每年出入境的商人不下百萬。若說我們羅曼人是投靠帝國的叛徒，那麼這些在兩國之間兜轉謀利謀名的商人，又是正經八百的好人了？」他冷笑，唇邊帶著一絲不屑。

有奕巳想說，叛軍投靠和商人貿易，終究還是不一樣的。但是想到對方那偏激的態度，還是把話吞了回去。

出乎意料的是，他們這行人因為有楊卓的通行證，通關竟然比常來往的商人還容易。

「這可是殿下為我們爭取的好處呢。」楊卓看了慕梵一眼，「他命令邊境收容我們之後，就開始整合羅曼人，並給出一系列優惠政策。現在有不少羅曼人甚至都入了帝國的國籍。只是不知道殿下這麼做，圖的又是什麼？」

慕梵這麼大張旗鼓收容叛軍，究竟有什麼目的？

有奕巳也抬頭看去，可現在的鯨鯊只有一張棺材臉，讓人看不出任何情緒。這些問題，問現在的慕梵，顯然是得不到答案的。尋思間，星艦已經過了邊境。

韓清說：「前面有一顆中轉星球可以稍作休息，少將軍，我們要登陸嗎？」

「在外面喊我小奕就好了。」有奕巳揮了揮手，看向楊卓，「這中轉星球上可有新人類聯盟的交易據點？」

楊卓回道：「他們有時會和我們在這裡碰面，我不清楚有沒有據點。」

「那就去看一看。」

有奕巳看著不遠處正在逼近的綠色星球，笑了一笑。

「從這裡開始找，我就不信什麼都找不到。」

第四十四章　戢鱗潛翼（五）

亞特蘭提斯帝國，邊境星球。

有奕巳帶著一行人登陸星球的時候，正值這裡的冬季，外出的人少了許多。即使是這樣，他也看見很多亞特蘭提斯人在空中和海裡游蕩。

沒錯，是「游」蕩！

亞特蘭提斯人與人類不同，天生有兩個形態，人形和原形，而他們更喜歡保持原形。因此出門在外的時候，你不會在帝國看到大小交錯的街道，而只會看到一條條水域航道和空中管制符號。因為，這裡的人出門不是靠游就是靠飛，老老實實走在路上的少之又少！

再看到又一隻飛魚從自己頭頂飛過後，慕梵有些忍不住了。對於高貴的鯨鯊來說，讓這些低級海裔從自己頭上大搖大擺地通過，簡直就是侮辱。

有奕巳只能拚命安撫他，不讓他暴走。同時，自己也在感歎這邊的奇特景觀。

作為少數兩腿直立的生物，有奕巳一行人自然引起了本地人的關注。才不過一會，有奕巳就看見眼前的水面一陣波瀾起伏，一隻長得像海豚的生物破開水面游到他們面前，淺淺的鼻吻幾乎觸及有奕巳的腳背。

「幾位是行商還是遊客？要住宿嗎？」

牠竟然開口說話了！

海豚又擺了擺尾巴，「在我們海瀾之家住一晚只要兩百星幣哦，客人要不要考慮看看？」

就這一會的時間，又有幾隻海洋生物游了過來，章魚、比目魚等等，種類各異，而這些「海鮮」竟然都是來招攬住宿的。這時，又有其他客人登陸星球，一時之間，圍著港口的海洋動物簡直構成了一個海底世界。

有奕巳冷靜了下來，看著海豚那雙水淋淋的大眼，終於能開口說話了。

他猶疑道：「我……你們這的住房，不會是在水底下吧？」

半小時後，入住客房的有奕巳還在被人嘲笑。

「竟然有人會以為海裔是住在水下？我這還是頭一次聽到。」楊卓嘲笑道，「雖然他們有原型，但是平時在室內都是以人形活動，自然是住在陸地上。你連這點都不知道嗎？」

有奕巳惱羞成怒，「我又沒來過帝國，哪可能知道！」

「怎麼，難道貴族學校的老師沒教過你？」楊卓顯然不信。

「我之前讀的是公立基礎學校，不會教授這些知識。」

公立學校？楊卓一愣，那可是沒有錢去私立學校的貧民才去的地方，有奕巳這樣的身分，竟然讀這種學校？

有奕巳卻沒有理會他的猜測，而是開著窗，望著外頭的大片水景。

「街上有好多裝飾，是要過節了嗎？」他問。

「過節？」楊卓反問，「馬上就要到年底了，當然是過除夕。你不知道？」

「……」

有奕巳僵在原地，有些懷疑自己的耳朵。

「除夕？」

楊卓說：「這是帝國過年的叫法，與人類那邊不一樣，亞特蘭提斯的新年是在每年的年末慶祝。而據我所知，共和國的人喜歡在七八月的時候過年中節日，慶祝新年。」

有奕巳愣住了。記得小時候，他每次在七月過新年，總會很不習慣。那時候謝長流就會對他解釋，因為結束了前帝國統治的諾蘭元帥，是在七月推翻帝制，解放民眾，開啟新的世紀，所以大家習慣在七月慶祝。

後來，他發現這邊的人類習俗很多都與地球不同，有奕巳都已經不再計較這些事了。可是今天，他竟然在海裔的地盤上，聽到了除夕這個詞！

重生十幾年，他第一次回想起過去的新年，竟然是因為亞特蘭提斯人？

看著外面張燈結綵的一處處住家，有奕巳心裡不知道是什麼滋味。

「這個時期也正好，新年是帝國防備鬆懈的時期。新人類聯盟剛損失了一批貨物，一定會趁這個時候繼續下手。」楊卓說，「如果你想要調查，這幾天最合適。」

有奕巳回過神來，看著他，「你倒是比我還積極，不久之前你可還在為新人類聯盟賣命呢。」

楊卓不以為意，「在其位謀其事。我現在受你控制，兄弟們都在饕龍手裡，當然要為你賣命，不是嗎？」

「韓清！」有奕巳轉頭吩咐，「你在這裡顧著楊卓和小麥，我去街上逛逛。」

「是。」

楊卓看著那人帶著鯨鯊，消失在自己視線裡，好半天才收回目光。

他對著韓清咧了咧嘴，「他和鯨鯊的關係真好，不是嗎？去哪裡都帶著那位殿下。」

韓清沒有理他。可事實上，他也為有奕巳出門只帶慕梵而感到一些不滿。難道在少將軍眼裡，自己還沒有一隻鯨鯊值得信賴嗎？

「早知道就不帶你出門了！」

有奕巳沒猜到那兩人的心思，然而出門沒多久，他卻很快為自己後悔起來。他們被一群人圍住，不，與其說是人，不如說是被一群奇形怪狀的海洋生物包圍了。這些生物，有的是在水裡游動的巨大魚類，有的是憑空飛行的不知名品種。有奕巳知道，只有高階海裔才有脫離海水、凌空的能力。

顯然，這群攔路搶劫的傢伙，身分不可小覷。

而這幫人，竟然是慕梵惹來的！這隻蠢鯨鯊，一出門看到漫天漫海的游魚，就再也受不了這種被人騎在頭頂的感覺。有奕巳還來不及阻止，就看到慕梵跑到一處航空通道旁低頭做了些什麼，似乎是在劃地盤。

那模樣看起來還有幾分像在路標尿尿做記號的小狗。但是幾秒鐘之後，有奕巳就笑不出來了。

因為慕梵劃地盤的舉止，招來了眼前這群惡漢。每座城市都有專屬的街頭混混、地痞流氓，顯然這群海裔就是這一區的非官方統治者。

慕梵留下的標記，就等於往他們臉上揮巴掌，所以這兩人走了沒多久，就被當地的街頭老大找上了門。

有奕巳生氣也來不及了，混混們不給他們說話的時間，揮著魚鰭就衝了上來。有奕巳左躲右閃，也不敢使用異能，只能對慕梵喊：「你惹來的麻煩要是不解決，今晚就被想吃肉了！」

正在幹架的慕梵一聽，磨了磨牙，就朝天上的幾個高階海裔衝去。

附近目睹群毆事件的良好市民們都四散而逃，有奕巳估計再過不久，就會有當地的執法部門找上來，他只能希望以慕梵的實力，可以盡快解決這些混混。

然而，突發情況就是這樣發生的，在所有人都沒預料到的時候，慕梵的兜帽又滑了下來。這次有奕巳早有準備，替他染了髮色也易了容，卻改不了慕梵的尖耳。

因為動作激烈，慕梵的短髮已經遮不住耳朵，很快就有人發現了！

「原來是個混血雜種！」海裔混混的老大冷笑道，「攻擊他的耳朵，那是弱點！」

而原本激鬥正酣的慕梵，聽到這句話，身形竟然僵住了，連近在眼前的攻擊都沒有注意到！

這個拖油瓶。

有奕巳衝上前去，憑藉在學校被魔鬼教授薩丁歷練出來的體術，擋住對方的一擊。他悶哼一聲，默默吞回一口老血，同時對幾個海裔施展壓制異能。

你們什麼都沒有看到！

趁那幾隻魚發呆的空檔，他對慕梵低吼：「快走！」

一雙大手用力將他抱起，遠離現場。在他們離開沒多久，遠處就有呼嘯的警車駛來。

「少——他這是怎麼了？」看到兩人負傷回來，韓清從座位上跳起來，「為什麼受傷了?!」

慕梵卻不理睬他，越過幾人，將有奕巳放在床上。他將手放在有奕巳頭頂，似乎在探查傷勢。

韓清著急道：「讓我來看，你懂什麼！」他認為這只失智的鯨鯊，根本就是在耽誤時間。

慕梵卻突然抬頭望了他一眼，那一眼，讓韓清把接下來的話都吞了回去。

躺在床上的有奕巳逐漸恢復意識，韓清立馬撲上去，小麥也在一片擔憂地看著。

「少將軍！」

不去管韓清怎麼鞍前馬後，服侍有奕巳。楊卓抬頭看的時候，卻發現那隻鯨鯊竟然又不見了。

有趣。

他勾起嘴角，擺出事不關己的模樣。

有奕巳在第二天才徹底清醒。之前在星艦上被慕梵吸了血，這次又是受傷又額外使用異能，負荷實在不小。但他清醒後的第一句話，竟是——

「慕梵呢？」

在床邊伺候了他一夜的韓清，有點不是滋味地說：「不知道，他不在。」

有奕巳：「一直不在？」

「反正從昨晚背您回來後，就沒見過他。」韓清見有奕巳的臉色不好，小心翼翼道，「那我去找他？」

「不用了。」

有奕巳閉上眼。

「我等他自己來找我。」

直到當天晚上，其他人都各自回了房間，失蹤了將近兩天的鯨鯊，才再次回到這間屋子。

「我還以為你不回來了。」

他一進門，沒想到一個該睡的人卻還沒睡下。

黑暗的室內，有奕巳半倚在床頭，看向他。

鯨鯊的視力很好，在這樣的光線下，依舊能看清事物。他清晰地看見了有奕巳臉上譏諷冷凝的表情，讓慕梵一瞬間覺得心情不是很好。

他走到床頭，在有奕巳身邊半蹲下。

「我不是故意讓你受傷。」

短短的一句話，卻和以前大大不同。他的語氣平穩，語速順暢，就連眼神也是清明理智，不再像之前那樣懵懂野性。

這才是慕梵，運籌帷幄的亞特蘭提斯二王子！

有奕巳深吸一口氣，閉上眼睛又睜開。

「你是什麼時候恢復意識的？」

「我不知道，你會上來替我擋下那一擊。」

「留下標記，是為了與你的屬下聯絡上，是不是？」

「傷好了嗎？」

兩人完全牛頭不對馬嘴，答非所問。有奕巳氣得瞪大眼睛，把慕梵伸過來的手一把打掉。

「你到底騙我多久了？你早就恢復意識了對不對？這幾天總是消失不見，是在和你的人馬聯絡吧？你繼續跟在我身邊，是不是擔心再次失控時，沒人能約束你？」有奕巳冷笑道，「是啊，有我這麼個安定劑在，不好好利用不就太可惜了？最起碼得等到我把你的隱患全部清除，我才沒有利用價值吧。」

有奕巳喘了口氣，又繼續道：「虧我養父還提醒我，說你天生狡黠，不可能輕易就被新人類聯盟下套綁走。我現在才想通，你當日那麼大義凜然地犧牲自己，被俘虜過去還能再次遇到我，而我恰巧就能治療你的隱疾！這一切，怎麼可能是巧合？殿下這盤棋，布得可真早啊。」

慕梵心急，一把抓住他的手。

「小奕！」

「滾蛋！誰准你這麼叫我！」有奕巳拍開他。

慕梵也惱了，一把攬住這人，尖牙擱在對方頸部。有奕巳頓時動也不敢動。

這個人，只有這個時候才乖順一點。慕梵歎息一聲，將人抱在懷裡緊了緊，去掉心裡那份不安後，才開始解釋。

「我沒有利用你。」

「一開始，在瑪律斯星那次，我知道新人類聯盟就在附近，如果那時候我不主動現身被他們捉走，攻擊雷文要塞的行動，就會提前半年。如果那樣，你們北辰會比現在還要處境艱難。」

有奕巳冷笑一聲，那我們還要感謝你了？

「當然，我那麼做也有自己的考量。我失去神智被控制之後，可以減低他們的戒心，方便我屬下的行動。而我知道，即便我失控發狂，也不是最糟糕的情況。」慕梵在他頭頂蹭了蹭，「因為還有你。」

「之後我徹底失去理性，只被本能操縱。計畫會不會如願進行，我是不是真的能再遇到你，並且能讓你喚醒我，其實這些都是沒有把握的事。但是當時帝國的情勢複雜，新人類聯盟的手段陰詭，我沒有退路，只能孤注一擲。還好，我賭贏了。」

慕梵想起什麼，冰冷的眸中閃過溫暖的色彩。

「只是我沒想到，小奕，你願意為我做這麼多。」

——也沒有想到，他會對這個「世仇」產生如今這樣的感情。

慕梵低下頭，尖牙劃過有奕巳的皮膚，留下一道紅痕。

大概，從第一次相遇時，那詭異的心悸，就預言著今天這樣的局面。

殿下，如果您再次遇到「萬星」後裔，會怎麼做？

我會把這顆星辰，囚禁在任何人都看不到的地方。

有奕巳絕對沒有想到，自己竟然會栽在這個人手裡。

他拚命從慕梵的臂彎裡拔出腦袋，惱怒地瞪著那個人。

「看來你的病是全好了。」有奕巳冷笑道，「那下回就不必吸我的血了吧，殿下。」

慕梵懷裡空落，看了他一會，突然笑了，站起身坐到一旁的椅子上。

「吸血是不必了，但可能還是會偶然失控。萬一失手傷了你的部下或朋友，恐怕就麻煩了。」

「你威脅我？」有奕巳低吼。

他這樣看人的時候，眼睛從下往上瞪著，細長的睫毛微微顫抖，一雙漆黑的眼珠好像要勾進人心裡，而本人卻毫無自覺。慕梵又想起，最早在資料裡看到的有奕巳照片，那時他就覺得這雙多情的眼睛最無情。沒想到，自己果真栽在這人手裡。

他心底苦笑一聲，說：「我只是想找個籌碼，讓你能心平氣和地聽我把事情說清楚。我剛才說過，我是逼不得已才出此險招，逼我的不只新人類聯盟，還有帝國內部的勢力。他們聯手圍剿我到這個地步，你難道就不擔心，這些人也會對共和國下手？事實上，你我都知道，他們已經出手了。」

想起北辰艱難的局勢，有奕巳沉默不言。

「一個組織，與兩國高層皆有利益往來，還能斡旋自如，這說明他們手裡掌握著我們想像不到的勢力。這個時候比起生我的氣，我們更應該合作清剿他們。」慕梵說，「如果說這世上還有一個人能讓我全心相信，那就是你。為你，我願意出一臂之力挽救北辰。你可以當作是我對這些日子的報恩，也可以看成是一場互利的交易。至少，我們現在立場相同，不是嗎？」

「……」有奕巳思考半天，發現自己竟然無法反駁。

他看著慕梵，有些譏諷道：「果然殿下一旦恢復清醒，就巧舌如簧，我也說不過你。」

慕梵瞇眼笑道：「如果你更喜歡之前那個我的話，我可以繼續保持那樣。」

「免了吧！我還怕折壽呢。」

有奕巳扶著床緣想坐起來，壓到傷口，不免咳了幾聲。慕梵連忙扶上去，看著他的臉色，皺眉。

「傷得不輕。」

廢話！我本來就是精神系的，和你們這些近戰型的野蠻人硬幹，能不輸嗎？

有奕巳心裡吐槽，開口問：「那殿下可聯絡上自己的屬下了沒有？」

慕梵點了點頭。

「如果你想查新人類聯盟在帝國內的暗線，我可以幫你。如果你想去羅曼人的駐地，我也可以陪你一起去。」抬頭看到有奕巳狐疑的目光，慕梵正色道，「當然，我自己去也是有事要辦的。」

我就說他沒這麼好心。有奕巳想著，招來了韓清等人。

他們看到恢復理智後的慕梵，又是怎樣一番大驚小怪，暫且不提。等所有事情吩咐下去後，就等明天正式行動。慕梵的屬下會帶他們偷襲一座新人類聯盟的基地，以搜查情報。

事情辦完後，有奕巳坐在床上，默默將最近的一系列事件理順。新人類聯盟似乎無處不在，他們手裡究竟有什麼籌碼，使得兩國高層都甘願與他們合作？他正這麼想著，不經意間抬頭，卻注意到側身坐在窗前的慕梵。

慕梵坐姿端正，遙望著窗外，臉上的神情淡漠。這模樣，竟與他那日在精神世界見到的小鯨鯊有幾分相似。

有奕巳心裡一動，鬼使神差地開口問：「你……還記得你兄長的模樣嗎？」

「王兄？」慕梵回過身，「當然記得。怎麼，你感興趣？」

「算是吧。畢竟是當年威震一時的亞特蘭提斯大王子，我卻無緣得見。」

慕梵盯著他片刻，不一會，打開有奕巳的星腦操作一番，調出一張照片。

「這是僅存的影像。」慕梵說，將照片擺正。

有奕巳睜大眼睛仔仔細細地看，照片上的人也有一頭銀髮，卻是剛剛過耳，穿著軍裝，顯得英姿颯爽、威儀不凡。

最重要的是，這個人的長相與慕梵有七分相似。可是這模樣，卻與有奕巳那日在精神世界裡看到的那人大不相同。

究竟是怎麼回事？

有奕巳按下心裡的驚異，卻聽見慕梵開口道。

「說起來，至今為止發生的許多事，都與兄長有關。之前我允許羅曼人入境，新人類聯盟抓我回去研究，甚至是他們現在攻打雷文要塞，或許都脫不了干係。」

有奕巳詫異，「為什麼？」

慕梵淡淡道：「大概是那些人和我一樣，發現了兄長其實沒死的這件事。」

「什麼！」

雷文要塞。

這兩日，圍剿要塞的攻勢不明減弱，給了要塞內的軍士們喘息的機會。

要塞總指揮洛恩・克里特，帶著他的副官蒙菲爾德，正在研究突圍的戰略。兩人埋頭商議了許久，洛恩突然重重歎口氣。

「沒有援兵，沒有物資，僅靠附近星球的支援，我們撐不了多久。」洛恩說，「如果在彈盡糧絕的那天，依舊無法等到救援，就派一支機甲隊進入沉默之地吧。」

「洛恩！」蒙菲爾德驚道，「難道你是想——」

「沉默之地的祕密，寧可和我們一起滅亡，也不能落入敵人手中。」洛恩冷酷道，「不能成為他們奪權謀名的利器！」

「可是我們有西里硫斯！他的研究進展是最快的，也許只要再多一段時間，他就能比任何人都更快地研究出進化的祕——！」

「噤聲！」

洛恩低喝，蒙菲爾德打了個冷顫，後怕地看了看周圍。

「真到要塞被攻破的那天，什麼都不會留下。」洛恩瞥了他一眼，低頭專注於眼前的星圖。

過了一會，蒙菲爾德又開口道：「我還是不甘心，難道就沒有別的出路了嗎？上將把有琰炙派過來，肯定還有別的計畫或是援軍！」

「計畫？」洛恩道，「一位上校和幾艘攻擊艦，這就是我們唯一的援軍！上將為什麼把他送過來，那是因為如果還留在北辰主星，有琰炙會是第一個被關押起來、用來威脅上將的籌碼！與其被關押在敵人手裡，不如讓他與我們一起戰至最後一刻。」

「怎麼會？」蒙菲爾德痛苦道，「難道我們就真的沒有希望了嗎？」

洛恩不看他，而是叫來一個親兵，詢問：「有琰炙上校呢？」

親兵回：「現在是上校的輪休期，他在訓練室練習。」

——嘭！

有琰炙看著被自己擊碎的機甲裝甲，伸出手，揉了揉掌心。他只穿著最簡單的護身服，和一架全副武裝的機甲進行正面對抗。

以人力挑戰機械，而結果，是他贏了。

「啪啪，啪啪。」

有人一邊鼓掌，一邊走了進來。

「你的異能似乎又有進步。」西里硫斯道，「來到這裡不過區區幾個月，我親眼看見你與機甲赤手訓練，從被打得鼻青臉腫，到現在輕鬆應對。該說，真不愧是共和國最富盛名的天才嗎？」

「不是共和國。」有琰炙扔下護膝，「我的力量，只為守護北辰。」

「看來你心裡怨氣不小。軍部封鎖了北辰軍校，架空了上將大人，蕭……不，有奕巳也下落不明，確實沒一個好消息。」西里硫斯笑了笑，「現在連我們的要塞都撐不了多久，前途看起來十分渺茫啊。」

有琰炙啪一聲打開訓練室的隔離門，走到他面前。

「你究竟想說什麼？」

被那雙彷佛暗藏著冷炎的眸子盯著，西里硫斯卻一點也不退縮。

「你不想做些什麼嗎？」他反問，「重重困境之下，你除了被困在要塞，什麼都做不了。空有乾階的異能，但在戰鬥時依舊要躲在星艦內躲避流火飛彈，是不是覺得自己很無力？」

砰一聲，有琰炙一拳打在他身後的牆上，金屬牆面深深凹陷。

「你想說什麼？」

他一字一句又問了一遍，顯然沒有耐心。

「我想幫你。當然，也是幫我自己。」西里硫斯盯著對面那雙寒眸，「乾階的實力無法改變戰局，那麼，如果你再上一層呢？如果你不僅可以徒手拆機甲，甚至可以空手破壞星艦呢？」

有琰炙的瞳孔一縮。

他壓低聲音：「你知道你在說什麼嗎？」

「我當然知道。」西里硫斯推開他，站直，「一旦你的異能進化到坤階，就有堪比鯨鯊的實力。到時候，這場戰鬥的局面會因為你一人而扭轉。如果我對你說，我有五成的把握讓你在三個月內進化到坤階，你願不願意配合我？」

見他面露不信，西里硫斯笑了笑，說：「你知道神石嗎？」

神石，亞特蘭提斯神話裡代代相傳的聖物。

西里硫斯說：「亞特蘭提斯海裔的祕密，傳說他們的先祖就是靠這塊石頭進化到如今稱霸星海的地位。既然這石頭真的能讓海裔進化，那麼你覺得它能不能也讓人類進化呢？如果它真能讓人類進化，又會發生怎樣恐怖的事情？」

他的眼睛裡好似閃爍著嘲諷和譏笑的光芒，「當然，第一個想到這個主意的，可不是我。」

有琰炙沉默片刻，以複述般的口吻道：「人類史上第一個異能進化者，出現在前銀河帝國末期。而在諾蘭元帥推翻銀河帝國，建立第七共和國之後，進化者才大量地出現。之後的幾百年，異能開始普及，沒有異能的人類逐漸被進化淘汰，後世將之成為人類的大進化時代。」

西里硫斯接著道：「而巧合的是，最早一批高階異能者都是元帥的親信。正是憑藉這批高階異能者，元帥才能率領他的屬下力挽狂瀾，將原本占據優勢的前帝國軍隊擊敗。」

他似笑非笑地看著有琰炙，「你真覺得有這麼巧合的事嗎？」

有琰炙微微瞪大眼睛，「……你的意思是，元帥利用了神石，加快進化？」

「帝國末期，人類異能者初現，連一個規範的體系都沒有，是什麼能力讓諾蘭元帥一下子得到如此多高階異能者？」西里硫斯說，「你既然知道我的姓氏，那麼就該知道，身為前王室後裔，我自然有一些旁人不能獲知的消息。事實上，當時諾蘭手中確實握有神石，而這神石是他與亞特蘭提斯人締結交易、租借過來的。」

他見有琰炙眼中閃過震驚，笑道：「不相信？你們引以為豪的英雄、建國功勳，竟然也是一個與敵國同謀、推翻當權的陰謀家？那麼，如果我再告訴你，之後幾百年內帝國與共和國的戰爭，就是因為諾蘭拒絕返還神石引起的呢？」

有琰炙一把將人拉過來，「你可知道你在說什麼！」

「我知道。」西里硫斯眼中閃過瘋狂，「難不成你還以為我瘋了？哈哈哈哈哈，那我再多告訴你一件事吧。為什麼中央和軍部對『萬星』如此忌憚？因為有家是有史以來第一個不需要神石，也能自我加快進化的家族！他們忌憚『萬星』，嫉妒『萬星』，更害怕他們！見識過有奕巳能力的你，應該最明白這點吧。『萬星』血脈，簡直就是世界的寵兒。這樣的人，誰不會嫉妒，不會害怕呢？」

有琰炙的眼中閃過一絲困惑，漸漸鬆開了手。

「當然，讓中央如此忌憚，還有一個原因。」西里硫斯整了整自己的衣領，「根據我的猜測，他們手裡的神石可能不管用了。」

「不管用？」有琰炙重複。

「丟了，或者能力被消耗殆盡。」西里硫斯說，「坤階是超脫凡人的等級，是一般異能者拚盡全力也無法抵達的神域。從這幾百年再也沒有出現過坤階的大強者就可以猜出來，能讓人超速進化的神石，或許已經不存在了。」

有琰炙問他：「那你還說要讓我進化成坤階？」

「我是誰？」西里硫斯自信一笑，「我說有把握，就絕對有把握。當然，這還牽扯到另一件事。現在還不能告訴你，除非你答應配合我的實驗。」

這一次，有琰炙沉默了好久，久到西里硫斯幾乎都快站著睡著的時候，他終於開口。

「七成把握。」他說，「如果你有七成把握，讓我在三月內進化到坤階，我就配合你做實驗。」

西里硫斯眼前一亮，「一言為定！」

兩人擊掌，算是達成協議。

西里硫斯終於逮到小白鼠，幾乎是迫不及待地讓有琰炙立刻開始實驗。他還有一堆猜想，想通過這個人來驗證呢。

哦，當然，西里硫斯刻意忘記告訴有琰炙的一件事是——神石雖然消失了，但是他自己費盡心力打造的仿製品，卻還存在於這個世上。

——在某個特別之人身上。

藍色的寶石在有奕巳胸前散發著淡淡光芒。靜坐在床上冥想的人緩緩睜開眼，輕吐一口氣。

異能又進化了。

他的異能等級，已經從一開始的零級進化到現在的七級，達到了伊爾他們入學時的異能水準。雖然與高手還有差距，但是考慮到有奕巳學習異能的時間才不過兩年，已經足以震驚旁人。

更何況，有奕巳還發現，最近一段時間以來，不僅是異能等級，他的精神力和體質也大大提高。就像是跨過了一個瓶頸，嗖嗖地往上竄。

就像是昨天剛剛受的傷，他現在發現已經好得差不多了。這樣神奇的恢復能力，他自己也很詫異。

有奕巳低頭看了眼胸前的藍寶石，難道是它……怎麼會？他搖了搖頭，打消了這個念頭。這不過是西里硫斯送來的一個實驗品，頂多有些寧神效果，哪有那麼神奇？

此時，尚不知自己被西里硫斯坑了一把的有奕巳，帶著神石的仿製品，大搖大擺地待在帝國境內。也幸好這塊仿製品的外表並不特殊，就連慕梵都沒有發現異樣。

有奕巳正在想著事情，有人推開窗戶，從外頭翻了進來。他忍不住翻了個白眼：「你就不能從大門走嗎？」

慕梵走過來，「我從正門敲門的話，你會開門嗎？」

有奕巳心裡暗哼一聲，算他有自知之明。

慕梵走到有奕巳身邊，伸手探了探他額頭。

「傷好了沒？」

有奕巳不耐煩地拍開他，「又不是感冒發燒，你摸額頭有什麼用？」

「那你想讓我摸哪？」慕梵一臉正經道，「我可以摸嗎？」

有奕巳瞪了這個幼稚的傢伙一眼，招了招手，「過來！我還沒問你，韓清他們人呢？」

「他們和我一起去探查新人類聯盟的基地，抓住了幾個人，正在拷問。我們搜集到了一些資料，但是很可惜，沒有你想要的東西。」

慕梵知道，有奕巳想要的是共和國軍部高層和新人類聯盟勾結的證據。見有奕巳面露失望，他又安慰道：「我們馬上動身，前往羅曼人的駐地。那裡有一個人，可能會有你想要的情報。」

有奕巳抬起頭，不解地望向他。慕梵發現，自己似乎格外享受這種獨占他目光的感覺，磨蹭了一會，在有奕巳忍不住冒青筋的時候才開口：「那個羅曼人，曾經在新人類聯盟的總部待過一段時間。他手裡不僅有你要的情報，也有我要的情報。」

「你要的情報……是慕焱大王子的消息嗎？」

慕梵點了點頭，「新人類聯盟的人，曾經偷偷潛入沉默之地深處一次。在那裡他們發現了一些奇怪的現象，因此才斷定王兄並沒有死，而只是失蹤。而這失蹤，可能與你們有家也有關聯。具體的情況，那人沒有多說。當時他就是以此為憑依，要我接受羅曼的難民。之後我們約定，每過一年我去見他一次，而他會繼續告訴我其他內情。」

有奕巳點了點頭，總算是明白為何慕梵當初會破壞兩國協定、接受羅曼叛軍了。

「那他們說的，發現的奇怪現象究竟是什麼，怎麼證明大王子並沒有死？」有奕巳忍不住追問，說完又擔心自己問得太多，這是慕梵的私事，他沒義務告訴自己。

誰知，慕梵卻笑了笑，伸手摸了摸他的腦袋。

「只要你想知道，我都會告訴你。」他停頓了一下，繼續道，「其實這件事，後來我也去驗證過。沉默之地，並沒有鯨鯊的屍骨。」

「什麼？」有奕巳大驚，「可是那些輻射！」

「那是王兄逸散出來的能量沒錯，但是鯨鯊死亡後，他的軀殼會保持原形，化為白骨，歷經千年而不毀。」慕梵說，「可是我深入沉默之地時，並沒有發現兄長的白骨，只發現了……」

他看了有奕巳一眼，「一些星艦的殘骸。」

「……是當年北辰艦隊的殘跡嗎？」有奕巳嚥了嚥口水。

慕梵點了點頭，「遺憾的是，金屬可以保留百年，人類的屍體卻保存不了那麼久。抱歉，我沒有發現『萬星』先人的遺骸。」

有奕巳深吸了口氣，又搖了搖頭。他本以為自己聽到這個消息不會太觸動，畢竟都是數百年前的舊事。可是在聽見慕梵說起前北辰艦隊的殘骸，和先人無處可尋的屍骸時，他的眼眶還是忍不住泛紅了。

他整理好自己的情緒，開口，換了一個話題問慕梵。

「那你現在打算怎麼做，尋找你兄長的下落，還是別的？」

慕梵笑了笑，站起身。

「這些都可以之後再決定。」他走到窗前，看見一些鬼鬼祟祟的身影在樓下窺探，嘴角噙起一絲輕蔑的笑意。

「現在，我只要告訴某些人——」

他翻身躍出窗口，穩穩落地，銀髮飄揚。

「我慕梵，回來了。」

第四十五章　雙龍戲珠（一）

「我再說最後一次！我沒有、也不可能給你們這些消息！」

獨自坐在角落的人突然爆發出一聲低吼，讓剛走進屋的人被嚇了一跳。

「伊爾？」

沈彥文疑惑道：「你怎麼發這麼大的脾氣？」

伊索爾德抬起頭，視線中有猝不及防也有慌張，還有一絲未退的餘怒。

「和家裡人爭吵而已，我已經習慣了。」伊索爾德揉了揉太陽穴，「是薩丁老師讓你來找我的嗎？」

沈彥文走到他身邊坐下。

「沒有，那傢伙還在想著打劫商船呢。我可沒空陪他發瘋，所以就過來找你了。」

伊索爾德聞言，苦笑一聲。

他們兩個從北辰主星逃出來也有一段時間了，憑著前星盜兼通緝犯——哈爾伯特·薩丁的通天手段，他們硬是從軍部的層層防衛下逃了出來。可是出來之後，這位教授就像脫韁的野馬，再也不受控制了。

他們希望去找有奕巳，薩丁拒絕。

他們想去雷文要塞，薩丁拒絕。

甚至是，他們提出要分道揚鑣各走各的，薩丁也拒絕。不僅如此他還武力鎮壓了兩個年輕人的反抗，把他們牢牢扣押在這艘船上。要不是相信這位教授不至於把他們賣了，伊索爾德都要擔心自己是不是上了賊船。

說人人到，剛想到薩丁的暴政，艦內廣播便傳來聲訊——

「喂喂，兩個臭小鬼，限你們十分鐘之內給我去登陸艙接貨。要是偷懶，今晚就罰你們禁閉！」

薩丁做事毫不留情。

伊索爾德與沈彥文對視一眼，無奈地起身趕往登陸艙。

「接貨？」沈彥文疑惑，「難道這土匪還真劫了一批商船？混蛋，我們不會被他拖累成共犯了吧！」

正這麼想時，登陸艙的對接軌道已經連上。他們眼睜睜地看著對接門從外打開，接著，一道熟悉的身影出現在面前。

「克利斯蒂師兄！」

在有奕巳失蹤後，克利斯蒂第一時間就離開了北辰，出去尋人。他們也有好久沒見到這位大師兄了。

沈彥文驚喜，「你怎麼來——」話還沒說完，就看到克利斯蒂身後的幾人，分別是衛瑛，齊修，還有——沃倫．哈默?!

「你這個傢伙還有膽出現！」沈彥文揮著拳頭，衝上去就要揍人，卻被齊修攔下。

「齊修！你的契約者是小奕，不是這個混蛋，你究竟站在哪邊？」沈彥文控訴，怒火的對象又轉移了。

齊修無奈，只能向明明身為當事人，卻樂得看好戲的沃倫使了個眼色。沃倫假裝沒看見，伊索爾德卻出面解圍。

「冷靜一點，彥文。」伊索爾德拉住人，「你先聽他們解釋再說。」

說完，他也看向沃倫，皺眉道：「你沒跟我說你要來。」

沃倫笑道：「給你一個驚喜嘛。」

他見沈彥文用看偷情者的目光看著他和伊索爾德，忍不住低笑，「好吧，看來我再不解釋，某人就要爆炸了。其實我出現在這裡也是為了有奕巳，我想和你們一起去找他。」

「你？」沈彥文冷哼，「你是去抓人的吧！軍部的那些人包圍學校，難道不是你們哈默家指使的？」

「可那和我也沒關係啊。」沃倫舉手，「家族的行動和我個人的行為，並不總是一致。這一點，伊爾你應該最明白吧。總之，請你們相信我，我對他絕對沒有惡意。」

「哪怕他安然無恙，就會對你們家族的利益構成極大威脅？」伊索爾德反問。

「不可否認，哈默家組和中央星系是一個龐大的利益集團。但是一個體系運作久了，難免會產生腐敗和蛆蟲。」沃倫冷酷道，「有時候我會想，與其等這塊爛肉自我毀滅，不如狠一狠心將腐肉全部割掉，再長出新的組織。」

他展顏一笑，「因此，對於我和將來嶄新的哈默家族來說，有奕巳的出現是有益而無害的。畢竟，一個煥發出新生命力的家族，總比陳舊而腐敗的家族，更能延續下去，不是嗎？」他對伊索爾德眨了眨眼。

伊索爾德若有所思。

「你們兩個，我讓你們接貨，動作怎麼這麼慢？」

一群人正交談時，薩丁粗獷的嗓門從外傳來。

這位身材健壯的北辰異能系教授，邁著矯健的步伐，走到幾人面前，像是打量貨物一樣上下掃視他們。半晌，滿意地點點頭。

「這下人總算到齊了，我的星盜團也可以正式開張啦，哈哈！」

「教授，別告訴我你真的打算去劫掠商船。」伊索爾德頭疼道。

「你有什麼不滿嗎？」薩丁笑著看他，「就算你不願意，這新來的幾位同伴，可都是志願來當星盜的。」

伊索爾德瞠目回望眾人，只見克利斯蒂點了點頭，走上前。

「伊爾，薩丁教授說得沒錯。」克利斯蒂的表情沉穩與內斂，然而在說起下面這個話題時，臉上也不由得露出幾分狠意。

「有時候只有使用一些特殊手段，才能保護我們重視的事物。以星盜的身分，不僅可以方便我們暗中尋找小奕，也可以達到許多其他目的。而且我相信小奕也會支持我們這麼做的。」

「既然克利斯蒂師兄都這麼說了，那麼我們當星盜也可以。」沈彥文很快就見風轉舵，「但是，我有一個要求！」

薩丁輕輕斜了他一眼，「說吧。」

「我要為這個星盜團命名！既然在這裡的人都是為了尋找小奕，那麼這個星盜團的名字就叫『小奕回家』——」

薩丁一巴掌打上他的後腦。

「什麼品味，嫌命短啊你！」

眾人失笑，然而，他們誰都沒想到，他們心心念念的有奕巳早已經領先他們一步，幹起了盜匪。

繼成功劫持羅曼人的武器運輸艦後，有奕巳一行人再次打劫了新人類聯盟的一座祕密基地。

楊卓跟在他們身後，看著慕梵和韓清一人一個方向，將新人類聯盟的基地翻了個底朝天，連倉庫裡的老鼠屎都沒有放過。他心裡莫名感到寬慰，雖然他也是苦主之一，但是看到有人比自己更淒慘，總是覺得好受多了。

在清剿了這個祕密基地後，韓清和他留下處理善後，慕梵先行一步回去。然而，韓清卻沒想到在他們回到下榻的旅店時，看到的竟然會是這樣的場面——

一群人——有員警也有身穿黑衣的侍衛——將旅店團團圍住。而旅店外一片狼藉，顯然這裡剛剛發生了一場大戰。

韓清心裡一驚，難道是有奕巳他們被敵人發現了？他正要慌張地四處尋人，二樓的窗戶卻突然打開，有個人對他們揮了揮手。

有奕巳一臉生無可戀，招手道：「沒事。先進來吧，進來再說。」

韓清和楊卓踏上二樓，才發現旅店內部也站滿了人，但全都是黑衣侍衛——看起來像是某人的私兵。而他們很快就知道這某人是誰了。

慕梵站在屋內，正和一名戴著眼鏡的亞特蘭提斯人吩咐著什麼，注意到他們回來，連瞥一眼都懶。而有奕巳坐在房間正中央，懷裡抱著小麥，用麻木的表情看著他們。

「你們回來了。」

「少——小奕，這是怎麼回事？」韓清問，「這些人是？」

有奕巳指了指慕梵，「都是這位王子殿下的部從和屬下，某人玩膩了微服私訪，決定公開行動了。」

他磨牙道：「聲勢倒是大，不知道是不是雷聲大雨點小，最後反而打草驚蛇，哼。」

慕梵揮退屬下，無奈地看著他。

「生氣？」

有奕巳逗著小麥玩，不理他。

慕梵身邊的書記官梅德利開口為上司辯解：「蕭……有先生。殿下這麼做，也是有理由的。之前殿下不正面與他們交鋒，是因為還有把柄在他們手裡。但是現在隱患已經由您除去，殿下已經沒有後顧之憂。」

他誠懇道：「無論那些跳樑小丑有多大的能耐，這座帝國畢竟還是鯨鯊的帝國，坐在王位上的陛下是慕梵殿下的親生父親。與其走陰詭之道，正面打壓他們反而更有威懾力。」

有奕巳面無表情，「真是可惜，像我這種沒有實力，只能用陰詭之道的人，大概是無法明白你們殿下的器量了。」

慕梵狠狠瞪了書記官一眼，梅德利苦笑，為慕梵說話的一片好心付諸東流。他為了什麼？不就是希望上司心情好，能對他們這些屬下也好一點嗎？梅德利，真的是沒得利啊。

慕梵親自開口：「我知道你擔心我這麼做，會暴露了你的身分。但是你有沒有想過，有些事，只有憑藉身分才能做得更好。」

有奕巳終於抬起頭來，賞了他一眼。

慕梵像是得了鼓勵，繼續道：「比如你『萬星』的身分，在別處是催命符。但是在帝國，有我在，你不用擔心任何人因此傷害你。而借著『萬星』的名氣，你做任何事，共和國的人都無法坐視不理。」

「比如，此時你去羅曼人駐地尋找線索。如果以公開的身分前往，調查出的結果不僅更有說服力，也會因為你的名氣變得與眾皆知。」慕梵挑了挑眉，「到時候，就容不得他們不認了。」

有奕巳沉默半晌，心裡只有一句話。

這只鯨鯊，大大的狡猾！

帝國最近可以說是熱鬧萬分，不僅是因為快到除夕，最重要的是——二王子殿下平安回來了！

失蹤將近一年的二王子慕梵，就在所有人都擔心他是否已遭不測時，帶著雷霆聲勢返回了亞特蘭提斯帝國。他一回來，人還沒正式露面，就幹了幾件大事。

先是清剿了新人類聯盟在帝國內部的好幾個暗樁，拔出了對外勾結的幾個大家族。

他行動犀利，手段嚴苛，眾人還沒反應過來，就將帝國內的枯枝爛葉清除了一大半！等有些人發現不對，想要轉移的時候，慕梵已經開始第二輪動作。

他命令麾下的黑衣禁衛，囚禁了以海因里希家主為首的幾位大貴族。在對方表達抗議之前，就封鎖了他們對外交流的一切管道。

這樣的雷霆手段，讓所有看熱鬧的人都目瞪口呆。不經審訊對質就直接逮捕人，這位殿下是來真的呀。

其他幾位倖存的世家進宮向王座之上的陛下表達不滿，要求慕梵拿出明確的正確才能扣押人時，做完這些事的慕梵又拍拍屁股走人，表示本殿下沒空陪你們打嘴仗，還有其他大事要做呢！

而他接下來要做的這件事，更是讓帝國上上下下無數人摔壞了鰭肢，驚得合攏魚尾！慕梵宣布，自己要陪新出爐的「萬星」後裔遊歷帝國，諸事勿擾。

「萬星」後裔？那不是殺了大王子的家族嗎？那不是你的大仇家嗎！殿下！你跑

到北辰去讀書也就算了，怎麼還拐了北辰之星回來！

很多世家權貴一致認為，慕梵的行為這麼古怪，一定是被這該死的「萬星」洗腦了！而圍觀的海裔群眾紛紛表示，喜聞樂見。對於老百姓來說，權謀陰謀都是另一個世界的事，他們有八卦看就好。

除夕夜，又一則有關慕梵與有奕巳的新聞，在亞特蘭提斯最大的綜合論壇「海角」，引爆了眾人的關注。

【精華】娛樂八卦．震驚，我竟然在摩摩爾星看到殿下帶「萬星」去看煙火了，煙煙煙煙煙火啊！

配圖若干張，明眼人從慕梵那亮得發光的銀髮，一眼就認出確實是王子本人無誤。一瞬間，海裔同胞們，無論是卵生還是胎生種，紛紛對此表示「我要塞回我媽子宮重活一次，不，我不相信自己的眼睛」。

更有鯊魚族的海裔表示，就算讓他重回子宮，與兄弟們再廝殺一場爭奪出生權，他也不會相信這件事。

可是，接下來貼文原 PO 又甩出了幾張照片，高解析無碼清晰正臉，瞬間所有人都啞了。

帝國最高級別單身漢，慕梵殿下帶人去看煙火了！還是個外國佬，還是個男的，還是個「萬星」！眾多女性海裔，憤怒地甩起了自己的鰭肢，還有極少部分不明群體，在論壇上默默刷起了喜聞樂見。

「啊嚏！」

好久沒感冒的有奕巳一連打了好幾個噴嚏，拉緊自己的衣衫。

「我感覺不太對勁。」他說，「為什麼我一定要和你在除夕晚上出來看煙火？」

慕梵嘴角一勾，「你大病初癒，我作為東道主，請你出來遊玩一番，不是理所應當？」

「那韓清他們呢？」

「哦，他們說是要吃點東西，我讓梅德利帶著去了。」王子殿下說起謊來面不改色。

「噓，」他拉住還要抱怨的有奕巳，「煙火晚會開始了。」

咻——嘭！

有奕巳抬頭，正好看到一朵巨大的煙火在空中綻開，漂亮的餘光如同落雨般紛紛而下，興奮的人群高高伸出手，企圖接住一瞬的星火。

嘭嘭嘭，又是接連幾朵煙火綻放，有奕巳看見甚至有人變成原形，在煙火中游走，不過很快就因為妨礙觀賞，被憤怒的群眾拉了下來。他忍不住笑出聲，「好多人啊。」

慕梵看了他一眼，「除夕對我們來說（尤其是未婚青年）是很重要的節日。很多人都會選擇在這一天帶著家人（愛人）出來看煙火表演，以期待新的一年幸福安康（恩愛美滿），也有祈福（定終身）的涵義。」

完全不知道某位不要臉的王子殿下表面上說一套、心底想另一套，有奕巳點了點頭，眼睛盯著一朵朵高級定制的煙火，眨也不眨，絢爛的顏色全映在他漆黑的眸中。

「你喜歡嗎？」慕梵低聲問。

「的確很漂亮，心情好多了。」有奕巳暢快道，「還要謝謝你……」

他說到一半愣住了，因為他發現慕梵正一眨不眨地盯著自己。因為背光，有奕巳看不清他的表情，但是那熾熱的視線，卻讓他不習慣地紅了臉。他轉身背對慕梵。

「過完新年再過幾個月，我就快滿十八歲了。」

他十七歲的生日在一片混亂中度過，誰都沒想起來這件事。而十八歲，卻是不容忽視的一年。在共和國法律上，十八歲雖然還不算完全成年，但已經有了完全的法律責任。換做一般家族的子弟，十八歲已經可以繼承家業，擔任重要職務了。

而此時的有奕巳，卻有些迷惘，不知道自己的十八歲會怎麼度過。

「我記得，你的生日是在九月。」慕梵說，「不論到時會發生什麼，我希望來年的除夕，還能與你一起站在這裡，觀賞煙火。」

即便是遲鈍如有奕巳，此時也感覺出氣氛有些詭異了。

他並不知道帝國的星網上已經因為他們倆釀出了一場腥風血雨，只是覺得慕梵說的話有些曖昧。對付曖昧，最好的方法就是——不解風情！

有奕巳哼了一聲，「你要是把我關在這裡，那下一年不就是你說了算？」

慕梵恍然大悟，微笑道：「是個好主意。」

有奕巳抖了抖，突然覺得好像給自己挖了個大坑。他正想著如何補救，梅德利帶著人走了過來。倒楣的祕書官硬著頭皮打斷了兩人的獨處，彙報道：「殿下，剛才已經聯絡上了羅曼人那邊。他們說，您和有先生明日就可以啟程過去。」

楊卓跟在他身後，表示：「我也要一起去。」

韓清不滿道：「為什麼是我們過去，而不是他自己來？」

慕梵看著這一大群電燈泡，扯了扯嘴角。

「很好。」他看向祕書官，「去安排明日一早的飛船出發。」又對有奕巳微笑，「早點回去休息吧。」

在有奕巳帶人離開後，他立刻收起笑容，問：「事情安排得怎麼樣了？」

「完全按照您的吩咐，殿下！」

梅德利說：「我們請專業的攝影師，在各個角度都拍了幾張，剛才已經傳到星網上去了！預計再過不久，共和國那邊也會翻牆過來，看到這些消息。」

慕梵點了點頭：「照片呢？」

「啊，啊！在這在這。」梅德利連忙傳過去幾張殿下英姿颯爽的照片。

慕梵看了卻是皺眉，冷冷橫了他一眼。

我這個傻瓜！梅德利苦笑一聲，又傳了幾張，都是有奕巳單人照，有蹙眉凝望的，有面露笑意的，還有低著頭，微微露出泛紅耳朵的。

慕梵滿意地接收了文件，存在自己的星腦裡，放在「常閱」資料夾，順便把最後一張設置成背景圖片。這才對梅德利道：「多安插一些人手，炒熱貼文熱度。一週之內，我要讓全星際的人都看到這條消息。」

說罷，王子殿下邁動大長腿，拿著照片準備回去過一個不眠夜了。獨留下梅德利傻傻站在原地，看著星網上越來越火爆的爭執，半晌，歎了口氣。

有誰知道，鯨鯊王室有史以來最火爆的八卦新聞，竟然是當事人自己爆出去的呢！為了讓貼文更火熱，甚至還請了網軍。恐怕用不到幾天，這則緋聞就要紅遍全宇宙了。

想起心機深沉的上司，梅德利面色沉重地搖頭。事業愛情兩手抓，正道詭道都要強。被這樣一位殿下看上，他不免對那位尚顯青澀的「萬星」掬一把同情淚。

第二日，進入新的年曆，有奕巳起了個大早準備出發。他出門後卻總覺得不對勁。為了他們的人身安全，自慕梵恢復身分後，一行人都是在王室專用的行宮居住，出入沒有外人，隨身都有護衛。然而，有奕巳走進餐廳的時候，卻莫名感到了好幾道灼熱的視線。

他抬頭去看，幾位黑衣護衛瞬間收回視線，依舊保持著面癱。

「……」

莫名其妙。

有奕巳正準備吃早餐，一個人拉開椅子，在他身前坐下來。

「昨晚睡得還好嗎？」行動如此自由的，除了慕梵還有誰。

有奕巳睜大眼，這次他親眼看見一名端送早點的侍者，詭異地顫動了兩下，差點把熱飲潑到慕梵身上。然而王子殿下卻沒有責備他，而是心情不錯地揮了揮手，表示不在意。

有奕巳默默吞下嘴裡的麵包。

這個世界是怎麼了？

看來昨天的宣傳已經有了成效。慕梵心情愉快，陪著有奕巳吃完早餐，兩人一齊登上了飛船。

然而，此時的有奕巳還不知道，原本的遊歷之旅，經過昨晚之後，已經變成了——蜜月之旅。

海角上冒出一個新的熱門貼文。

【精華】娛樂八卦．殿下溫柔擦拭他嘴邊白漬！

附圖：慕梵幫有奕巳擦掉嘴角的牛奶。

點進去看的人紛紛表示，標題詐騙！腦洞太大！

剛踏上飛船的有奕巳，連連打了十幾個噴嚏。

前途多坎，他尚不知啊。

手心裡凝聚出一團無形的火焰，沒有溫度，卻可以將一切堅硬之物化為飛灰。

有琰炙看著在掌下慢慢溶化的金屬機甲，意念一動，從機甲上收回能量，收放自如。最近一段時期，他對自己這個能力的使用是越來越得心應手了。

「啪啪啪啪。」

有人拍著手，從門口走進來。

西里硫斯看著他，感慨道：「才過了不到一個月的時間，你就將異能運用得如此嫻熟，不愧是天才。」

有琰炙看著還在指尖跳躍的火焰，皺眉。

「你說這是異能？」

他見過各種高手施展的異能，有人可以憑空取物，有人可以控制重力，也有人可以操縱風火，但那只不過是對元素的應用。

對於自己手裡的這團近乎透明的火焰，有琰炙卻覺得，它根本不屬於任何一種元素，更像是一種單純的能量。它可以輕易地溶解任何物質，可以分解，也可以重組。只要他想，甚至可以用火焰分解整座要塞。當然，現在有琰炙的能力，還沒達到那種程度。

這種新的能力，是他在接受西里硫斯的實驗後才出現的，雖然威力強大，卻讓有琰炙的內心有些不安。這種力量已經超脫人類的範疇了，讓他覺得自己像個怪物。

「能進化到坤階的高手，哪一個不是怪物？」西里硫斯安慰他，「你別多想了，力量積累到一定程度就會蛻變。你只是剛剛走上這條路而已。」

「是嗎？」有琰炙不置可否，盯著手中的火焰，突然又想到那日，慕梵帶走有奕已時的詭異場景。凌空行走，製造黑洞，哪一個不是超脫了人類的想像。這麼看來，他現在的這份力量，倒是和亞特蘭提斯人的能力有幾分相似。

「好，今天的訓練也已經告一段落。你還是早點回去休息吧。」西里硫斯破天荒地沒有催促有琰炙繼續訓練，「過幾天你就要換防到前線去，這幾日就不要太急著訓練。好好休息。」

有琰炙疑惑地看著他，「你確定？」

這個實驗狂人，哪一次不是不把他操到脫力就絕不甘休，這回肯這麼好心？

西里硫斯拍著他的肩膀，把他往外推。

「對對，我就是這麼好心，難得給你放個假！」

他將人拉出訓練室，塞到有琰炙自己的房間，「難得放你休息，這幾天你就在房裡待著，沒事別出來了，也別亂上什麼星網浪費精力！」

在有琰炙狐疑的視線中，西里硫斯微笑地擺擺手，替他關上房門。門合攏後，他臉上的表情再也支撐不住，偷偷鬆了口氣。

「哎，西里硫斯，你在這裡啊！」蒙菲爾德大步走過來，「有琰炙在房間嗎？我正想問他一件事呢！你看新聞了沒？真是嚇一跳啊，你說，是不是在北辰的時候，慕梵那傢伙就看上我們有奕巳了啊！」

西里硫斯來不及阻止他，正要把人拖走，身後的門啪一聲打開了。

「你剛才說什麼？」有琰炙黑著臉，「我沒有聽清楚，麻煩再說一遍。」

西里硫斯見狀，長歎一聲，拍著額頭，恨鐵不成鋼地看著要塞副指揮官。

「你沒事說這些幹什麼！」

蒙菲爾德一臉迷惘，「啊，什麼，他還不知道啊？我以為這件事都傳遍了呢。」

「我現在知道也不遲。」有琰炙穿起外套，「請給我一點時間，我想要詳細問一問您剛才說的事。」

看著兩人就要走遠，西里硫斯忍不住出聲：「有琰炙，別忘記你現在的任務！不能因為其他事情動搖了心志！」

有琰炙腳步一頓，回頭看向他。

「我知道。」他眼神無比堅毅，就像隨時準備以身殉道的死士。

「但是我的職責，不僅僅是守護北辰。」

他丟下這句話，就轉身離開。

榮譽，責任，使命，以及親人的託付。這個還不滿二十歲的年輕人，身上背負的東西實在太多。然而，他卻不打算卸下其中的任何一個，而是背著這沉重的負擔，一步一步地向前進。

西里硫斯望著那個男人的背影，不禁想，如果他有一天發現自己一直背負的不過是一場幻影，會不會崩潰呢？

他難得地憐憫起一個人，不過瞬間就拋之腦後，回到自己的實驗室去了。

而另一邊，完全不知道自己和慕梵的八卦已經傳到了雷文要塞，有奕巳一行人剛剛踏足羅曼人的駐地。

踏在這顆綠色的原始星球上，他竟有一瞬間，以為自己回到了地球上的原始森林。這裡漫野綠意，遠處可見高山流水，飛鳥走獸肆意穿梭林間，偶爾見到人群則匆忙地避開。

與開發過度的共和國星球及帝國的星球不一樣，這顆星球還保留著完好的生態系。而生活在此地的羅曼人，則是與這裡的大自然無比和諧地共處著。

有奕巳他們剛剛離開的降落基地，大概是這顆星球上唯一的一處大型人造設施。一行人剛踏出門口，就看見了來迎接他們的羅曼人。這些羅曼人身穿獸皮製成的衣服，脖子上掛著獸牙骨鏈，再配上他們本身就與眾不同的外貌，看起來倒像是半獸人。

楊卓見到其中一人，臉上露出喜悅。

「阿姆！」

一個中年女性羅曼人向他看過來，淡淡地點了點頭。她缺了一隻手，換成了機械臂，而有奕巳發現，聚集在這裡的羅曼人似乎就以這名女性為首。

慕梵的舉動證實了他的猜想。鯨鯊王子上前一步，對女性羅曼人點頭示意。

「好久不見，楊狸女士。」

女性羅曼人回：「你不僅比預計來得晚了，還帶來了意料之外的人。王子殿下。」

她說話直白，交談間目光在有奕巳等人身上掃過，「而你帶來的還是北辰人。你不怕我們羅曼人因此發怒，將你們趕出去嗎？」

有奕巳覺得後背一涼，隱隱感覺到寒意。

慕梵微笑：「如果是這樣的話，妳現在就不會站在這裡與我說話。」

楊狸哼了一聲：「你應該慶倖你的運氣，年輕人。跟我來吧。」

她轉身，隨行的羅曼人也為他們讓開一條路。慕梵和有奕巳從中間走過，而韓清和其他護衛想要跟上的時候，卻被擋住了。

「你們是什麼意思！」韓清問。

「抱歉，只有我們長老允許的人才能進入森林，請幾位在外等候。」羅曼人冷冷道。

韓清怎麼會放心有奕巳孤身前往，他正要反駁，前方的有奕巳回過頭來。

「在這裡等著吧，我不會有事的。」他說，「再說，有這傢伙在，誰動得了我們？」

這傢伙——慕梵聞言，勾起唇角。有奕巳的話顯然取悅了他。

韓清更加惱怒了，惱自己的無能，怒慕梵的恬不知恥。然而，人在屋簷下不得不低頭，他只能眼睜睜地看著有奕巳和慕梵離開。他低下頭，狠狠地踢了一腳地上的石子。

「韓清哥哥。」一隻小手握上他的手臂，「我也不能進去，我在這裡陪著你好嗎？」

韓清低頭，對上小麥怯生生的空洞眼睛，不由得心軟。

「為什麼連你都不能進去？」

小麥說：「楊卓哥哥說，我是外面進來的羅曼人，要先驗證身分，才允許進入部落。我要等一會。」

「這群人，就只會吊人胃口。」

韓清看向森林，此時，已經見不到前方的人影了。

「請注意腳下。」帶路的羅曼人提醒道，「我們需要穿過瀑布，地面有些溼滑，當心。」

話還沒說完，有奕巳就一個踉蹌，差點摔進瀑布下方的河水，幸好慕梵及時扶住了他。

「小心一點。」

說話的聲音近在咫尺，呼出的熱氣噴在耳後，有奕巳顫了顫，連忙甩開慕梵。

吃了豆腐的王子殿下心滿意足，低低笑了聲，也沒有勉強他。等兩人穿過一條又一條曲折小徑、翻越過數座大山後，才終於抵達了羅曼人的駐地。

比起駐地，這裡更像一座原始部落。有奕巳甚至驚訝地看到，有背負雙翼的人從他們頭頂飛過。

「那是與外星系兩翼人的混血。」慕梵為他解釋，「不過，能保留飛翔能力的混血，也是很少見的。」

有奕巳觀察著整座村莊，發現大多是青少年與老弱婦孺，壯年人很少見。他還沒去猜想其中的緣由，領路人已經把他們帶到最大的一間木屋前。羅曼人低了低頭，便離開了。

「走吧。」慕梵抓起有奕巳的手，推開門簾。

在裡面等候他們的，是一位鬚髮皆白的老人。他閉著眼睛，看不見瞳孔的顏色，臉上有著銀白色的斑紋，像是與生俱來的胎記。而最詭異的是，他竟然有一雙和慕梵一模一樣的尖耳！

有奕巳忍不住睜大眼睛看著，這位像石雕一樣坐著的老人，突然發出呵呵的笑聲。

「等你們好久了。慕梵殿下，以及北辰之星。」

聽到老人一口道出兩人的身分，有奕巳並不驚訝，然而對方接下來的話，卻讓他猝然一驚。

「二位來這裡的目的，我大概也有所瞭解。」老人說，「但是也許你們想要的東西，並不在我這裡。」

慕梵輕笑：「你這是在推脫？」

他的語氣裡帶著隱隱的威脅。

「不。」老人睜開眼，「我的意思是，那個祕密已經握在你們手中。」

「新人類聯盟拉攏兩國高層合作的籌碼，以及他們針對北辰的理由，都在這裡。」

他舉起乾枯的手指，指向前方。

有奕巳順著他所指的方向低頭，看到的是——慕梵緊握住自己的手。

那一瞬間，他腦中想到的不是所謂的祕密究竟是什麼，而是，慕梵這傢伙究竟是什麼時候握住自己的?!

有奕巳瞪向慕梵，可對方毫不在乎，絲毫沒有鬆手的打算。

王子殿下握緊了有奕巳，笑道：「你不會是想告訴我，新人類聯盟這麼大的動作，就是為了阻止我和他交往？」

交往這個詞用在這裡是不是有些不太對勁，不是應該用交流更好一點嗎？

有奕巳想扯回手，慕梵看了他一眼，那幽深的雙眸掃過來，就像在看一個無理取鬧的孩子，寵溺而無奈。有奕巳抖了一下，覺得自己大概是產生幻覺了。

老人回答：「殿下似乎不相信我的話，但是這是我唯一能告訴你的答案。你們二人身上都有奇妙的能力，鯨鯊和『萬星』，也許他們恐懼的就是這兩股力量結合起來的後果。」

慕梵可沒那麼好唬弄。

「你的證據呢？」

「眾所周知，人類掌握異能，海裔能夠化身。這都是強大的力量，但如果有人可以同時兼具兩者，豈不是更具有震撼力？」老人緩緩道來，「新人類聯盟從很早以前就開始進行這方面的實驗，為此，他們不惜做了各種嘗試。」

慕梵意味深長地看了老人的尖耳一眼，那種與人類和海裔皆不同的外形，正代表他是兩族混血的標誌。這種混血的能力很差，不能使用異能，也不能變身。他們唯一的特殊之處，大概就是這對尖耳了。慕梵之前也被人誤認為是混血。

有奕巳明白，眼前的這位老人，應該也是新人類聯盟野心實驗下的犧牲品。

「不過，無論他們怎麼培育混血，或者將異族的血液直接注入人體，都無法得到想要的效果。」老人說，「但是二百多年前，這些實驗終於有了進展。也就是從那時開始，他們正式打入了兩國的高層。畢竟——」

蒼老的臉上，露出了嘲諷的笑容。

「沒有人能夠拒絕力量和長生的誘惑。」

兩百前年？不就是兩國戰爭的末期嗎？

有奕巳皺眉，隱約覺得這並不是巧合。

「具體的情況我並不知道。」老人說，「我能說的只有這麼多。還請兩位小心，恐怕，新人類聯盟不會就這麼放棄他們的計畫。」

「很遺憾，你的情報對我的用處並不大。」慕梵聳了聳肩，「如果你所有的消息只有這些的話，我似乎應該重新考慮庇護你們的價值了。」

老人聞言一愣，臉上終於出現著急的神色。

「我們之前可是約好了，殿下。」

「那是我以為你還有更值得獲取的情報，所以我選擇不逼迫你，而是等你主動告知。」慕梵說，「但是今天得到的消息卻讓我很失望。你只告訴了我們新人類聯盟的目的，卻沒有說出他們計畫的內容，手段，方針，具體來說進行到了哪一步。甚至連他們現在對北辰動手圖謀的是什麼，都沒有定論。」

「我並不知道這些，我從那裡逃出來的時候，他們還沒有計畫到這一步！」

「是嗎？」慕梵冷淡道，「那麼你對我就沒有價值了。」

「……殿下要毀諾？」老人深吸一口氣。

慕梵輕笑，「為什麼不問問你的人做了什麼？我答應庇佑的是逃離國家的羅曼難民，而不是一旦有了居所，就又開始動不該有的心思的恐怖分子。將這樣危險的利器養在手裡，我還沒有那麼愚蠢。」

他所指的，自然是楊卓等人為新人類聯盟運輸武器的事了。有奕巳沒想到慕梵會在這個時候算帳，有些詫異地看著他。

「我需要的是安分守己的部族。而羅曼人，包括你，野心都太大了。與其等這把利劍早晚割傷自己，我為什麼不能早做防備？」慕梵似笑非笑。

有奕巳的目光在這兩人之間徘徊，片刻後終於明悟了什麼。他看向老人，果然見到那微微駝背的身軀顫抖了兩下，老人慢慢彎下腰，低下自己的頭顱。

「我為自己族人的行為向您致歉，殿下。」

從進屋以來，他終於說了第一句軟話。

「但是請相信他們只是為了生存，絕對沒有他意。我會管教孩子們愚蠢的行為，他們雖然魯莽，但還是略有自保之力，若殿下願意，大可以將他們收入麾下。羅曼人保證，只要您在的一天，就絕對不會背叛您與您的國家。還請您，繼續庇佑我一族。」

慕梵勾起微笑，「我如何能相信你？」

要說楊卓等人的行動沒有經過老頭子的默認，那他是絕對不信的。眼前這個老狐狸，表面上與新人類聯盟勢不兩立，暗地裡卻容忍自己的部族幫助對方。牆頭搖擺，不過是為了更好地立足於夾縫之間罷了。而慕梵做的，就逼迫他選擇立場。

面對慕梵的咄咄逼人，老人歎了口氣：「為了向您表達我的誠意，我將以……」

老人接下來的話，讓聽到的兩人都不由得睜大了眼睛。有奕巳在慕梵眼中看到了明顯的震驚，相信在自己眼中也一樣如此。

直到他們走出老人的小屋，有奕巳還有些難以回神。

「難怪新人類聯盟可以拉攏兩國高層，原來他們已經做到這一地步了。」他感歎道，「我都有些佩服這個組織的首腦了。」

「至少這樣一來，你想要抓的把柄也更容易逮到了，不是嗎？」慕梵說，「不過，我勸你還是不要對新人類聯盟的領袖太過好奇。」

「你見過他？」

「沒有見過，但憑他的手段看來，肯定是個心機深沉、心理變態的傢伙。」慕梵信誓旦旦道，「你要是見到他，一定會後悔的。」

有奕巳覺得，這隻臭燈泡又在故弄玄虛了。

「對了，他剛才說，對方恐懼的是我們能力的結合。可這是新人類聯盟數百年都沒做到的事，憑什麼認為我們就可以辦到？」

慕梵突然停下腳步，深深地看著他。

「大概他認為，我們會誕生出兼有兩者能力的混血吧。」說完這句話，王子殿下一本正經地走遠了。

有奕巳愣在原地，花了幾秒鐘才明白他話裡的內涵，瞬間，胸膛內一片翻滾。

「慕梵！」

王子殿下健步如飛，早早躲開了身後的怒火。他只是想小小調戲一下而已，還不打算把真相戳破。

感覺自己被戲弄了的有奕巳，懷著破碎的自尊心，一個人迷路在羅曼人的聚集地。等到楊卓來找他的時候，他已經在原地轉了五圈了。

楊卓無言，「……你在這裡做什麼？」

有奕巳當然不好意思說出實話，咳嗽幾聲，「沒什麼，你找我？」

楊卓點了點頭，「剛才大長老命令我，挑出兩百個年輕體壯的青年，聽你調用。你可以將這批人帶出星球，隨意指使。」

有奕巳指著自己的鼻子，「你確定？」

他沒聽錯吧，難道這不是慕梵和大長老要來的福利嗎，怎麼落到了自己手裡？

楊卓卻誤會了他的意思，有些譏諷道：「我們羅曼人，從不違背長者的命令。你放心吧，就算你命令我們去赴死，也絕不會有人有怨言。」

「我不是這個……」有奕巳把話吞了下去，眼珠一轉，「做什麼都可以？」

他想起剛才白鬚老人說的祕聞，想起北辰最近的處境，突然覺得這正是一個好機會。有奕巳湊過去，在楊卓耳邊低語幾句。

「那麼，我想讓你們……這樣……再……」

楊卓逐漸瞪圓了眼睛，「你瘋了！」

「放心，絕不會讓你們送命，只是一個小小的遊戲而已。」有奕巳笑咪咪道，「不放出誘餌，怎麼會有人來咬鉤呢？」

他磨了磨牙，同時心裡想，最近總是夾著尾巴，非得抓住這次機會，好好大幹一場才行。

交代完事情，有奕巳總算有時間去找慕梵算帳了。可是等他回到基地，聽到的回覆竟然是——

「殿下因為來自宮中的緊急詔令，已經先行一步回帝都了。」祕書官歉意地說，「您如果有什麼要事……」

「沒事。」有奕巳惡狠狠一笑，「他有事就回去吧。」

逃跑！我看你跑得了這次，跑不跑得了下次。

回到自己的房間，有奕巳打開多日不用的星腦，準備聯繫一下謝長流，說明情況。

然而，剛登入，他就看到了幾條跳出來的即時熱門。

【熱門】王子殿下攜伴侶共赴蠻荒，三天四夜密愛不斷。

【同人】我與我的世仇愛人。

【聚焦】慕梵殿下的最新行程報告。

有奕巳懷著疑惑的心情點開連結，幾秒後——

「慕梵！」

有奕巳噌噌噌地衝出門，拚命敲著祕書官的房門。

「叫你們殿下來見我，我要當面問他究竟是怎麼回事！」

死守在房內的梅德利欲哭無淚，上司跑了，留下他面對這隻暴走的「萬星」，該如何是好！祕書官難為啊。

而此時，遠在天涯的另一端。

西里硫斯打下最後一行字。

我從來不知道，愛與恨這兩種感情，竟然會像命運雙子一般彙集在同一人身上。

是的，看到他的第一眼，我就預感到……

這句話還沒打完，就有不速之客闖入。

有琰炙冷聲道：「我要提高訓練的速度……你在寫什麼？」

「實驗報告而已。」西里硫斯面不改色地關掉了頁面，還不忘存檔——〈我與我的世仇愛人第十一章〉。

「你找我有什麼事嗎？」

雷文要塞實驗室的最高負責人，兼近期網路熱門同人作家，西里硫斯如此問道。

他知道，對面的人無事不登三寶殿，來找自己肯定是有要事。

「兩件事。」有琰炙說，「第一件，是關於最近的實驗。我想知道，你拿來催化我異能進化的物質究竟是什麼？」

「哎呀，還能有什麼？」西里硫斯一臉無辜道，「就是一般的優化劑，催發你的潛能而已。」

「你以為我會相信嗎？」有琰炙湊近他，壓低了聲音，淡色雙眸裡彷彿有燃燒的冰炎。

「普通的催化劑，會讓我變成這樣？」他撩起自己衣袖，在那裡，白皙的皮膚上竟然浮現出詭異的銀色斑紋。花紋複雜而扭曲，布滿了他的臂膀。

見到這斑紋，西里硫斯的呼吸一窒。

有琰炙敏銳地發現了他的異樣，冷笑道：「我見過類似的紋路，就在瑪律斯星球。那個因輻射而變異的畸形人，身上也是這副模樣。西里硫斯，你在我身上使用了輻射的能量。」最後一句話，他幾乎是肯定地說了出來。

西里硫斯眨了眨眼，好半晌才找回自己的呼吸。

他看著眼前人，微笑道：「你怎麼會這麼想呢？你以為我也會把你變成那樣的輻射怪物嗎？」

有琰炙沒有說話，看向他的目光卻含著嘲諷。

「好吧、好吧，我承認，為了促進你的異能進化，我的確是使用了沉默之地的一些能量，但是我可以確保，它絕對不會對你造成不利的影響，我都有經過精准計算。」

有琰炙冷笑，「那現在這個呢？」他舉了舉自己的手臂，銀紋格外顯眼。

西里硫斯有些挫敗，「意料之外。只能說，你的身體超出了我的預計。」

他神色複雜地說：「如果你想停止的話……」說這句話時，西里硫斯覺得自己的心簡直在滴血。

「它能讓我變得更強嗎？」

「什麼？」

「你使用的催化劑，有把握能讓我進化到坤階？」

「……能。」

「那就繼續用。」有琰炙收回手，「當然，如果你能控制住異變，自然更好。」

西里硫斯有些驚訝於自己得到的允許。

「你不害怕？」他追問，「催化劑對你的身體產生了意外的影響，就算能讓你變得強大，但也可能會讓你變成輻射難民那樣的畸形！」

「追求力量，總要付出代價。為了保護我重視的事物，這已經很划算了。」

西里硫斯實在是不能理解他這個願意為別人犧牲一切的模樣。

「是因為你父親交給你的任務嗎，還是因為有銘齊強加給你的使命？你總是為他們而活，有琰炙，你有沒有想過這些到底值不值得？而你保護的那些人可能根本就不需要你的犧牲！」

「就像你為了你的研究，可以做任何瘋狂的事。」有琰炙淡淡掃了他一眼，「這就是我的信念。值不值得，不需要別人來評判。」

西里硫斯盯著他，好一會才放棄地道：「呵……好吧，你的第二件事是什麼？」

「我知道你有一些特殊的管道，能不能幫我查一下有奕巳最近的情況。」

又是有家，又是「萬星」，又是別人的事！

西里硫斯咬了咬牙，簡直想把這傢伙的腦袋開一個洞，看看裡面除了職責與使命，究竟還有沒有別的！

最終，他咬牙答應了有琰炙的要求。上校禮貌地對他頷首，離開他的死人實驗室。他開門的時候，西里硫斯正好看見率領第一艦隊的威斯康校長路過。

「炎炙，你在這裡！」白髮老人笑呵呵地摟住他，「我們倆好久沒輪到一起休整了，走，跟我去喝一杯。」

「校長，」有琰炙面無表情地道，「你有空不如準備一下下下次的出擊。」

「你這臭小子還是那麼古板。」

實驗室的門在眼前合上，隔絕了聲音和目光，西里硫斯收回視線，看著實驗室內的一堆瓶瓶罐罐。

「最有天賦的基因學家？」他念著別人封給自己的稱號，又想起有琰炙手臂上的銀紋，心裡苦笑。

他的確沒預料到有琰炙的變化，因為他研製的催化劑只是借用輻射的作用力激發人體本身的潛能，根本不會使人體本身產生異變。有琰炙接受催化以後，只會被激發出越來越多他最本能的力量而已。

那銀紋明顯不是屬於人類的力量，而巧合的是，真正認識這銀紋的人不多，西里硫斯就是少數幾個之一。

而擁有這道銀紋的人，卻將守護北辰和「萬星」當成自己的信念。多麼諷刺！

「『萬星』……果然是締造奇跡的一群狂人。」西里硫斯想起什麼，激動起來，「對了，資料資料，我要對比。控制組的資料！」

他瘋狂地翻找著實驗臺，很快就全心投入試驗之中。而眼中，偶爾閃過不知是對誰的憐憫。

第四十六章　雙龍戲珠（二）

慕梵回到帝國王都，已經快一週了。這期間，除了覲見陛下外，沒有與任何人會面。外臣的質疑與貴族的抗議，彷彿全然不在他眼中。

目前的鯨鯊王族只留下四位王室，帝國的主宰——慕梵的父親、慕梵總是神游在外的叔叔、慕梵自己，以及他母親腹中的胎兒。

王后是星鯨家族海因里希的長女，然而自嫁入宮中，就與母族斷了關係。她已經為鯨鯊一族孕育了兩名後人，而這第三胎，卻不知道會是一隻小鯨鯊，還是一隻小星鯨。

按理來說，鯨鯊家族基因更強，與外族交配，也只會誕生出鯨鯊的純種後代，但是幾百年前的意外，卻讓眾人對王后的此次懷孕，不那麼確信了。

慕梵摸了摸自己的耳朵，身為鯨鯊，他卻有只有低賤混血才有的尖耳。這在幼時，讓慕梵對自己很是自卑。不過現在……他像是想起什麼，嘴角劃過一絲溫柔的笑意。

「殿下！」梅德利不請自來地闖進書房，「我有事稟報，殿下。」

「梅德利。」慕梵不悅地抬起頭，「我命你在有奕巳身邊隨身看護，為何擅自離開？」

「我就是來向您稟報此事。」梅德利擦了擦額頭上的薄汗，「我本來一直守衛在有奕巳——」他注意到慕梵投過來的視線，立刻改口，「陪在王妃殿下身邊，但是他和羅曼人離開星球後，我就失去了聯繫！今日更是得到情報，羅曼人宣稱擄掠了『萬星』後裔，要求共和國派人與他們交涉。共和國那邊……」

他說了半天，沒有在慕梵臉上看到想像中的暴怒之色，小心地喘了一口氣。

「殿下？」

「我知道了。」慕梵一臉平靜地揮了揮手，「你退下。」

「但是有奕巳……」遭到一記眼刀，梅德利立刻改口，「王妃殿下他——」

「我自有安排。」

梅德利不敢再說什麼，躬身退下。

而在他離開後，慕梵就忍不住了，拿出通訊介面，撥通一個加密頻道。撥號響了半天，才有人懶洋洋地接通。

「喂？」

雖然心裡早有預料，慕梵聽到聲音時才真的鬆了口氣。

「你在和他們玩什麼把戲？」

有奕巳這時才有空看備註——「傻子慕」，他啪一聲掛斷通訊。

不一會，螢幕再次亮起，是個未知號碼。

有奕巳掛斷。

再亮。

再斷。

如此循環十幾次後。

「你還讓不讓人睡覺了！」他接起通訊，忍不住怒吼。

「你不接通訊，我擔心。」慕梵以輕盈的語調道，「你都好幾天沒和我說話了。」

「是嗎？」有奕巳惡狠狠道，「我還沒問你，帝國星網上的那些謠言是怎麼回事？」

慕梵困惑道：「什麼謠言？」

「別給我裝傻，就是除夕看煙火的那次！帝國傳出那麼多流言，你想裝作不知——」

「可對我來說那不是謠言。」慕梵正色道。

有奕巳以為自己幻聽了，「你是什麼意思？」

「我的意思是，如果你願意做帝國的第二王子妃的話，我會很開心。當然，如果你想讓我入贅也可——」

嗶。

通訊掛斷，這次慕梵沒有急著再撥通，而是笑著收起通訊介面。

身前的螢幕上，少年低著頭，耳朵上有一抹紅暈，那鮮嫩的顏色，讓慕梵的喉結上下翻滾。

「真可惜……」他歎息了一聲，伸手去撫畫面上的面容，卻只穿過一片虛空。

如果此時他就在面前，該有多好。

如果慕梵此時就在眼前，有奕巳絕對會把他大卸八塊！

什麼王子妃，什麼入贅！他有奕巳是那種會屈居人下的——呸，他和他根本就沒有一腿好嗎！

自從慕梵恢復神智，有奕巳冷靜的面具總是會被他輕易揭下。這個混蛋，啊啊啊啊！

他正咬牙，低頭捶著枕頭，門外響起了敲門聲。

楊卓說：「人來了。」

一句話，有奕巳立刻恢復理智，整了整衣衫。

「我馬上就到。」

而一星里外，共和國特使正駛入他們接洽的星域。

「什麼『萬星』，就是一個麻煩精。好死不死，偏偏在這時候與被叛軍抓住，為什麼要讓我來……」面色蒼白的特使埋怨著，不過想到什麼，又泛起一絲得意。

「哼，堂堂北辰之子，還不是落到一幫叛匪手中，還要指派我來替他交涉。這筆人情，可不能就這麼算了。」他臉上有著不屑和敵意。

然而，這位特使大人卻萬萬沒有想到，這位「無用」的需要他搭救北辰之子，此時正在叛匪的大本營裡，和一群羅曼人密謀商議著怎麼對付他這位特使。

一個小時後，中央星系收到快報。

羅曼人擊殺特使，拒絕談判！

中央星系，議會大廳。

被緊急召集而來的議員們三兩聚集，小聲低語著，偶爾可見幾人互相爭執，面紅耳赤，不久又面色倉惶，躊躇不已。可見，局勢之緊急，在場所有人都心知肚明。

議員席圍繞著會議廳的主圓桌，成扇形向外擴散，在最外層則是來自各個行政星系的議員。此時，只見西面的一小片區域無人而坐——那正是屬於北辰星系議員的位置。如今，北辰自顧不暇，自然沒有時間來中央參加緊急會議。

議員們正小聲私語，會議廳的大門再次被人推開，幾位身分最高的人依次列席而入。走在最前方的正是議長巴默爾，然而，此時他臉上已經沒有了以往一貫的笑容。幾位大法官，則是心思各異地跟在他身後。

「各位。」坐上席位後，巴默爾舉手示意眾人安靜，「恐怕要帶給你們一個壞消息，剛才接到通知，我們派去談判的特使，被羅曼人擊毀座駕，下落不明。」

「什麼！」

「他們竟然如此大膽！」

眾議員不禁愕然。

「議長，羅曼人此舉是拒絕談判了。下一步，我們該怎麼做？」有人出聲問。

巴默爾的雙眸閃了閃。

「畢竟『萬星』還在他們手裡，誰都不知道羅曼人會對他怎麼樣。」

「可是這事實在蹊蹺，前幾日這『萬星』不還在帝國境內鬧出那樣荒唐之事，怎麼就落到羅曼人手裡了呢？」有人謹慎地懷疑。
「這我也不知。」巴默爾緩緩道，「只是目前的消息是，慕梵被禁足宮中，帝國邊境軍曾派人追擊羅曼人，卻也一無所獲。想來，他們對此也是毫不知情。」
「既然這樣，不如出兵剿滅羅曼人。何必為了一個區區人質就縮手縮腳……」提出這個建議的人，還沒把話說完，就被人哼了一聲。
「縮手縮腳？」一個別著軍級肩章的議員冷哼道，「你也不看看被抓住的是誰，他的價值，是你們這些人可比的嗎？」
這是一名來自軍隊系統的議員。
「當然不能比。只是『萬星』終究只是一人，為了他做出的犧牲，總要有個限度吧。」他身邊，一名同樣身穿軍裝的議員若有所指道。
兩人對視一眼，前者冷冷一笑，眼中透出鄙夷。
巴默爾看著這兩人，有些頭疼地揉了揉太陽穴。這兩位都屬於軍隊體系，卻是一個出自地方軍隊，一個出自軍部。就是這樣，事情才難辦。
「萬星」在一般軍人中威望太高，即便有中央軍部掣肘，其他人一般也不敢輕易對他動手。
這時候「萬星」被扣住，中央要是輕易放棄，不知道會引來多大的麻煩。
麻煩啊……
巴莫爾歎了口氣，眼角瞥到一名坐在席位上悠然自得的老人，眼角不禁一抽。

「莫利西大法官如此鎮定，莫非對目前的局面已經成竹在胸？」他禍水東引，一時間所有人的目光都移向那位白髮老人。

「呵呵，並非如此。」老人道，「我只是突然想起一件事。『萬星』血統重現，這空置多年的檢察長的職位，也快有著落了吧。」

沒想到他會提起這件事，巴默爾的眉心一跳。

莫利西像是沒看到他的臉色，繼續道：「當年『萬星』一族戰亡後，為了彰顯他們功勳，當時的議長特地空置檢察長頭銜，並用元帥印璽，親自將其封為『萬星』的榮譽頭銜，只有『萬星』後裔才有資格襲承。十幾年前，有銘齊剛剛獲得高級檢察官身分便遭遇不測。那麼，這一次，總該到兌現諾言的時候了吧。」

他看著巴默爾，笑道：「莫非議長覺得，當年的封襲只是形式而已，並不打算實現。」

廢話！那時候世人都以為「萬星」死光了，封他們一個虛銜平定民心而已，誰知道他們竟然會接而再、再而三地出現。

巴默爾克制地笑了笑：「當然不會，只是如今這名『萬星』尚且年幼，又沒有資歷功勳在身。」

「他祖上的功勳足夠了！至於資歷——」莫利西呵呵笑，「議長怕是還不知道，這位有奕巳可是北辰軍校的檢察官系首席。在二年級時，便已經接連發表兩篇核心論文，在學術界引起軒然大波。而他本人更是親自代理過北辰第三艦隊的案件，讓無辜蒙冤的士兵獲得清白。論起資歷，恐怕在座都沒有幾人能與之相提並論。」

巴默爾道：「這我當然知道，只是他還沒有成年，並且如今尚落在敵人手中。」

「所以議長是決定放任其生死不知，檢察長頭銜就省得授予囉？」莫利西眼光犀利地看過去。

「怎麼會？」巴默爾微笑，「營救『萬星』一事，我們當然會竭盡全力。這樣吧，等他回來，我就親自授予他見習檢察官的職位。之後的等『萬星』成年後再議，如何？」

莫利西淡笑一聲，不做回答。

巴默爾見狀，連忙另起話題，與別人商議起來。莫利西坐在臺下，看著高談闊論的議長和議員們，眼中的譏諷一閃而過。

等「萬星」回來……恐怕在場這幾十人，有不少巴不得他永遠回不來吧。

共和國會議進行得如火如荼之時，與此相對的遙遠星系邊緣，兩艘星艦正在緩緩對接。當登陸艙最後一個介面也對上，壓力門打開，便有人迫不及待地跑了出來。

「小奕！」

有奕巳早早迎在門口等待眾人，掛起笑容與來人抱住。

「總算找到你了，你這傢伙，動不動就失蹤！」沈彥文捶著他的後背，「下回再不告而別，有你好看！」

看著許久不見的友人和師長，有奕巳的目光也是一陣溼潤。他迎上克利斯蒂的視線，穩重的大師兄點了點頭。

「進去再說吧。」

片刻後，幾人圍坐在客廳內，聽有奕巳把前因後果一一道來。

「事情就是這樣，當時情況緊急，我也難以聯繫你們。後來才知道學校也出事了。」有奕巳的目光掃過眾人，「你們沒事，真是太好了。」

「要是沒有薩丁教授，恐怕我們真的就被那些軍部的人抓走了。唉，現在校長也不在，也不知道學校裡怎麼樣了。」

提起威斯康校長，眾人沉默下來。校長與有琰炙同在前線，比他們危險多了。

「這些暫且不提，小奕，你還沒說你是怎麼和羅曼人搞到一起去的？剛聽到你被他們抓住的消息，我的心跳都快停了！還好馬上收到了你的聯繫，否則還真不知道該怎麼辦。」沈彥文道。

「還有你和慕梵的那些緋聞。」齊修補了一句。

伊索爾德說：「那肯定是殿下揑造出來的，與小奕無關。」

有奕巳見幾人你一言我一語，卻沒有主動提起自己身分的事。知道他們是有所顧慮，擔心自己的心情，不由得心中一暖，正要開口解釋。

「少將軍，有消息了！」韓清推門進來，「果然如你所說，那邊主動聯絡羅曼人了。」

有奕巳刷地站起身，嘴角牽起一絲笑意。

他看著眾人，「想知道我在做什麼?馬上就告訴你們。」

來到指揮室的時候，有奕巳看見楊卓正百無聊賴地翻著檔案，見他進來，頭也不抬。

「被你說中了。消息放出去沒多久，那些人就像聞到肉味的狗一樣，馬上就湊了過來。」

「哦?」有奕巳加強嘴邊笑意，「他們提了什麼條件?」

「交出你，我們就可以得到我們想要的任何東西。我見他們口氣這麼大，就問，如果我想要的是一個星系呢?那些人竟然想也不想就回答，只要我答應條件，他自然可以安排軍隊與我們虛與委蛇，讓我們成功『占領』一個星系。」楊卓的臉上帶著複雜的笑容，下一秒，這笑容變成憎恨，他狠狠撕碎了手中的檔案。

「我這才算是明白什麼叫利用!怪不得，呵呵，之前我們起兵鬧事的時候，那些領地上的守軍都如此不堪一擊。原來他們早就謀畫好了，讓我們羅曼人一步步拓展領地，擴大不該有的野心，再派北辰艦隊來剿滅我們。哈，真正的一石二鳥!」楊卓冷聲道，「好計謀啊好計謀!可我幾十萬同胞，就這樣成為了被利用的亡魂!」

即便知道軍部或有腐敗，有奕巳也沒預想到已經到了這個地步，竟然連軍部都已經是新人類聯盟的掌中之物。

這個組織，究竟可怕到了什麼地步?

他深深歎了一口氣，「你怎麼回答他們？」

「我還沒有回應，所以才找你來想想怎麼應付。」

「答應他們。」

楊卓錯愕地抬起頭，想確定自己沒有聽錯。

「小奕！」身後幾人同樣驚愕不解。

可眼前的少年，卻露出一個明媚的笑容。

「答應他們的要求。之後，就讓他們『送』來的那些領地，永遠也要不回去。」

有奕巳想起什麼，眼中閃過輝輝光彩。

豺狼虎豹覬覦不休，如何應對？

上山，殺虎鬥豹！

卡里蘭星系。

黑暗的宇宙中，遙遠的星辰宛若螢火之光，若即若離，觸不可及。

一向少有人問津的星球上，幾艘塗著隱形塗料的裝載型星艦在基地上空來回穿梭，巡邏的機甲小隊警惕地巡迴，以防任何可能出現的意外。

「還沒有好嗎？」

穿著白袍的女人焦急地走動著，「還要多久才能把所有資料都銷毀，撤離這裡？」

「曼娜，」她身旁的男人老神在在道，「妳的焦急，只會讓部下更加無措。」

「不急？等著恢復記憶的亞特蘭提斯王子找上門來？等著他發現我們的祕密資料？」

「如果他想這麼做，也不用等到今天吧。妳在害怕什麼呢？」男人輕笑道，「還是說，因為實驗至今沒有進展，其實妳在發洩無謂的怒火？如果真想撤離，不如別管這些資料，直接帶著那些實驗體離開。」

「艾因！」女人尖銳的指甲劃過桌面，「你只是負責輔佐我的副手，這個基地沒有你置喙的餘地！」

男人──艾因投降地舉起雙手：「那麼我就先行離開了。曼娜，剩下的事妳自己搞定。」

他丟下還在懷疑暴怒中的女人，插著口袋向外面走去。走到光線明亮之處，那雙黑色的眼睛像是被點亮一般，熠熠生輝。可很快，又隨著光線的消散而暗淡下去。

艾因登上了自己的小型飛船，看著腳下這個屬於新人類聯盟的基地，一個龐然大物麾下的研究祕密實驗的場所。嘴角掛起譏諷的微笑，他看著這顆星球離自己越來越遠，直到不見。

飛躍星際的時候，艾因收到屬下的彙報。

「大人。最新消息，羅曼人答應了總部的要求，同意將『萬星』交給我們。」

艾因眸光一閃，「他們有什麼要求嗎？」

「他們要求給予羅曼人獨立的權利，並割讓一整個星系給他們。」

「獨立？區區十幾萬殘黨，還想掌握一個星系……」艾因若有所思，「總部答應了？」

「正在商談中，但是看大人們的意見，有答應的趨勢。」屬下興奮道，「如果能獲得『萬星』，我們開創新世界的步伐，又快了一步！」

「是嗎？」

艾因撇了撇嘴，不再說話。

時空跳躍正在進行中，他看著艦外逐漸模糊抽象的宇宙，歎息般的嘲諷，從嘴邊流出。

「屬於誰的新世界呢？」

就在艾因離開基地不久，作為基地總負責人的曼娜收到新的調令——暫停轉移，原地守備，等待接收「萬星」。

「羅曼人真的要把他交給我們？」曼娜興奮道。

「條件已經談妥了。」螢幕上的聯絡者道，「對於那群野蠻人，只要給點蠅頭小利，他們什麼都會做。曼娜，妳離羅曼人的隊伍最近，由妳去接收『萬星』。基地的事可以暫時緩一緩。」

「可是，帝國那邊……」

「放心，慕梵現在分身乏術，沒有心思來管妳。只是那幾個實驗體，妳可千萬要看好了，計畫不容出錯。」

「是！」

結束通訊後，曼娜臉上不再有焦急，而是滿滿的興奮與期待。

「『萬星』，我倒要看看，你有什麼與眾不同！」

一天后，羅曼人與新人類聯盟完成交易。他們親自派人送來有奕巳，但是在抵達基地後，卻沒有立即給人。

面對曼娜的質疑，領頭的羅曼人笑道：「這是交易，女士。妳還沒給我們足夠的籌碼，就想讓我們把人先交出去嗎？」

曼娜微笑道：「你們會看到新人類聯盟的誠意的。就在這幾天，軍部會派人來討伐你們，同時，邊防星系的防備會因此空缺。到時候，就是你們羅曼人趁虛而入的機會。」

那人質疑道：「你們新人類聯盟對共和國的軍事情報瞭若指掌。難道，軍部裡也有你們合作的人？」

曼娜的臉上露出一絲自滿，「那就要看你怎麼理解『合作』這個詞了。我想先看看貨物。」

「當然可以，但是，只能妳一個人來。」

曼娜看了看周圍戒備森嚴的新人類聯盟戰士，而對方只有區區幾人，還是在自己的大本營，當場便卸下戒心、同意了要求。

羅曼人將她帶到一座透明的實驗房內，而在透明房間的正中央，一名閉著眼的黑髮少年正安然睡在白色床上。

「他就是——！」曼娜有些激動，上前仔細打量，眼中閃過異彩，呢喃道，「像啊，真像。」

身旁的羅曼人皺眉，「妳說什麼？」

曼娜收回目光，「沒什麼，我只是疑惑，他為什麼昏迷著。」

「當然是為防出現意外。如果妳想與他對話，女士，現在我們就可以把他叫醒。」

曼娜緊張地等待著，看見羅曼人給少年注射了什麼藥物。不一會，只見躺在床上的人纖長的睫毛微微顫動，眼皮輕顫，似乎下一瞬就要睜開眼睛。她忍不住屏住呼吸，仔細地盯著。

下一秒，那雙黑色的眼睛睜開，直直地望著她。深沉如墨的黑色眼睛裡，閃過她熟悉的譏諷笑意。曼娜還沒反應過來，只覺得大腦一陣刺痛。一道無法反抗的意識在她的腦海內發出命令。

服從於我。

「不，不可能！」曼娜拚命掙扎，額角冒出青筋，「想壓制我，你們……」

服從！

她的眼珠激烈地滾動著，用盡全力抵抗。然而，這一切都是徒勞，很快，在強大的精神壓制下，她的眼睛失去神智，雙手無力地垂在兩邊。
「是……服從您的命令。」女人機械道。
按照原樣返回基地，等待我的下一個指令。
有奕巳從床邊站起來，下令。
女人轉身就走，看起來和原本的模樣毫無二致，只是她機械般的眼神洩露了一絲異樣。看著她轉身離開，有奕巳松了一口氣，踉蹌一下扶住床緣。
楊卓皺眉，「沒事吧。」
「沒事，只是沒想到，她的異能等級如此之高。我只能破壞了她的大腦。」有奕巳苦笑道，「現在她只是一個聽從我命令的傀儡，不能套取更多的情報了。」
楊卓無所謂道：「反正這也在預料之內，無論怎樣，拿下這個基地就是個大收穫。」
「他們那邊的情況呢？」有奕巳問。
楊卓譏笑道：「如她所說，軍隊正在『圍剿』我們，卻不堪一擊，已經被我們奪下了大部分的領地。只是，我估計新人類聯盟的人，不會這麼好心將這一整個星系交給我們。」
「他們當然不會。」有奕巳冷笑，「但是等他們想拿回去的時候，也動不了了。」
他換上普通侍從的衣服，「現在，我們去這個曾經囚禁過鯨鯊的基地看看。」
由於有曼娜的帶領，一路上兩人不受懷疑地進入了基地的最核心地帶。

「就是這裡。」女人機械地指著一扇大門。

楊卓和有奕巳互看一眼，覺得裡面必有蹊蹺。

有奕巳下令。

打開它。

女人掏出頸間的一把鑰匙，配合指紋和聲紋密碼，打開了大門。而在踏進重重防禦之下的密室後，有奕巳忍不住睜圓眼睛。

「這裡是！」

「老天啊！」楊卓也忍不住驚呼。

只見在他們面前，是一列列排列整齊的培養艙。每個艙位裡都有一個正在發育中的實驗體，有胚胎，有幼兒，還有近乎發育完全的成年體。而這些實驗體都有著同一張臉，銀髮深眸，熟悉而又陌生的面容。

——是慕梵的臉。

「是複製體。」楊卓吞了吞口水，「他們竟然製造了這麼多鯨鯊的複製體。」

噗咚！

只見兩人左邊的培養艙裡突然爆出一團血花，只見剛剛還近乎完美的一個成年複製體，瞬間炸成一團血肉。血與肉漂浮在營養液中，宛如血腥的禮砲煙火。有奕巳看著殘留的髮絲和肌肉，牙齒緊緊咬住。

「這些是什麼！」他質問曼娜，「你們在進行什麼實驗！」

女人面無表情道：「這些都是零零一號的實驗體，是新人類實驗的一部分。」

「新人類實驗是什麼？」

這回，女人的眼珠滾了滾，沒有再說話。顯然，她被下了更高一級的暗示，一旦涉及到核心問題，就會拒絕回答。

這種情景，有奕巳也曾遇到過。在很久以前，他在北辰抓住一個奸細詢問時，對方也是這種狀況。

有奕巳緊咬牙關，目光像是灼燒的火焰，許久，他收回怒氣，深吸一口氣問。

「你們還有幾個實驗對象？」

「除了零零一號，只有最原始的零零零號。」

「零號是誰？」

這一次女人又沒有回答。有奕巳也不敢繼續問下去，畢竟他們現在還沒有被新人類聯盟發現，萬一因為詢問、破壞了她腦內的高級禁制，引起對方的注意就不好了。

他不再對女人說話，而是靜靜地看著滿屋的培養艙，看著那些被營養液浸泡，毫無意識的複製體。就在楊卓以為他要一直沉默下去時，有奕巳突然開口。

「我會做到的。」

楊卓抬頭，聽到少年沉聲說。

「無論是這些複製體，羅曼人，還是北辰，我不會讓他們繼續受到新人類聯盟的操縱。人類的未來，也不應該控制在一個如此野心勃勃的組織手裡。我要，摧毀新人類聯盟。」

楊卓突然笑了，「那麼之後呢？你和你的那群朋友要代替新人類聯盟，開創一個新的世界嗎？」

深黑的雙眸看向他。

「開創新世界的，從來不是哪一個人。」

少年轉身，離開昏暗的祕密實驗室。

楊卓站了許久，失笑，也跟著離開。

共和國曆一七七三年初。

一系列事件充斥著整個一月，無論是帝國還是共和國，都是一片亂象。而就在統治者們或昏頭亂向，或忙於勾心鬥角時，羅曼人擊退共和國軍隊，建立自治星系的消息，如光一樣傳了出去。

二月，新人類聯盟的一個重要基地被羅曼人搗毀，兩派徹底撕破臉，而自治星系也迎來軍部新一輪的瘋狂清剿。這一回，軍部不留半點餘力，羅曼人本該毫無反抗之力。然而下半月，情勢陡變。

一批星盜和傭兵聯合羅曼人擊潰了軍部聯軍，並俘虜了一名中央上將！

同時，北方傳來噩耗。

雷文要塞久守力竭，第一和第二艦隊迎敵被困。

維斯康·阿克蘭，「萬星」七將家族之一，北辰軍校校長，北辰第一艦隊總指揮。

於此役，戰亡。

新的時代，在血與火的洗禮中，步步逼近。

——《星際首席檢察官04》完

高寶書版集團
gobooks.com.tw

BL049
星際首席檢察官04

作　　者　YY的劣跡
繪　　者　あさ
編　　輯　林雨欣
校　　對　任芸慧
美術編輯　彭裕芳
排　　版　彭立瑋

發 行 人　朱凱蕾
出　　版　三日月書版股份有限公司
Printed in Taiwan
地　　址　臺北市內湖區洲子街88號3樓
網　　址　www.gobooks.com.tw
電　　話　(02) 27992788
電　　郵　readers@gobooks.com.tw（讀者服務部）
pr@gobooks.com.tw（公關諮詢部）
傳　　真　出版部　(02) 27990909　行銷部 (02) 27993088
郵政劃撥　50404557
戶　　名　三日月書版股份有限公司
發　　行　英屬維京群島商高寶國際有限公司台灣分公司
Global Group Holdings, Ltd.
初版日期　2020年12月
二刷日期　2021年 4 月

國家圖書館出版品預行編目(CIP)資料

星際首席檢察官 / YY的劣跡著.-- 初版. -- 臺北市
: 三日月書版股份有限公司出版 : 英屬維京群島高
寶國際有限公司臺灣分公司發行, 2020.12-
面； 公分. --

ISBN 978-986-361-938-3(第4冊 : 平裝)

863.57　　109016993

三日月書版

三日月書版

GOBOOKS & SITAK GROUP©

GOBOOKS & SITAK GROUP©